惡魔高校DxD

課後輔導的英雄們

12

石踏一榮

ICHIEI ISHIBUMI

Kadokawa Fantastic Novels

彩頁、內文插圖／みやま零

目 錄

我沒事！我不會哭！

因為胸部龍會保護我們！

Life.-3　沒有赤龍帝的吉蒙里

距離中級惡魔升格考試已經過了兩天的中午——

我——木場祐斗身在吉蒙里城某個大房間角落。吉蒙里城陷入一陣慌亂。除了傭人以外，吉蒙里的私人軍隊也慌忙展開行動。

因為現在的冥界面對危機。

舊魔王派的夏爾巴・別西卜以邪術影響「魔獸創造（annihilation maker）」所誕生的超巨大魔物群出現在冥界，朝各重要據點以及都市進擊。

設置在房間裡的大型電視播放焦點新聞，畫面上正是進擊中的巨大魔獸。

『各位觀眾請看！突然出現的超巨大魔物未曾停下腳步，一路朝都市區域前進！』

記者在魔力驅動的飛船和直升機上戰戰兢兢報導現場的狀況。出現在冥界，誕生自「魔獸創造（annihilation maker）」的巨大魔獸總共有十三隻——全都是體長輕鬆超過百公尺的巨獸。每一隻都有大約有一百五十公尺。

電視上將那些巨獸的狀況鉅細靡遺報導出來。現在每個頻道各自追蹤一隻魔獸的狀況。在那個擬似空間見到牠們時，還是一群身上帶著黑色氣焰的巨大人形魔物。

牠們的外型似乎在來到冥界之後有了變化，有維持人形的巨人型魔物，也有用四隻腳走路，如同野獸的類型。沒有兩隻有相同外型。

巨人型雖然是用兩隻腳走路，不過有的頭部是水棲生物、有的只有一隻眼睛、有的長出四隻手，總結來說就是類似合成獸的魔物。野獸型魔獸也同樣是由各種生物、魔獸的部位構成的個體。

牠們未曾停下腳步，一步一步緩慢前進。照這樣下去，距離重要地點最近的魔獸會在今天抵達目的地。其他的魔獸也大多會在明天到達都市區域。

最麻煩的是這些魔獸在進擊的同時，會自行製造小型怪獸。魔獸身上的各部位隆起，皮肉綻開之後誕生小型怪獸。雖然大小和人類差不多，問題在於數量極多。一次就可以製造幾十隻，甚至近百隻的小型怪獸。牠們行經的森林、山地、自然都遭到破壞，棲息在當地的生物也被啃食殆盡。

位於進擊路線的城鎮、村莊的居民都得以順利避難，死傷因此降到最低，但是城鎮、村莊都被蹂躪得一場糊塗。

牠們經過的地方什麼也不剩，狀況相當淒慘。

極為異常的生物——這就是上位神滅具（longinus）之一「魔獸創造（annihilation maker）」創造出來，有如惡鬼的異形……同樣身為創造系神器（sacred gear）的持有者，我對這個能力充滿敬畏之意。據稱能夠匹敵神的異能、足以毀滅世界的能力，如今以現在進行式的狀態呈現在我們眼前。

異形當中格外巨大的，是目前朝著位於冥界——魔王領的首都莉莉絲前進的超規格魔獸。那是人形的魔獸，巨大的身軀比其他魔獸還要大上一圈以上。即使隔著畫面也看得出牠有多麼強大。

冥界政府稱呼那隻特別巨大的魔獸為「超獸鬼（jabberwock）」。其他十二隻巨大的魔獸則是「豪獸鬼（bandersnatch）」。這兩個都是阿撒塞勒老師從《愛麗絲夢遊仙境》的作者路易斯．卡羅的作品裡選出來的名字。

電視當中，冥界的戰士們開始迎擊「豪獸鬼（bandersnatch）」。大家張開黑色的翅膀，有的從正面，有的從側面、背面，幾乎在同一時刻展開攻勢，以魔力開火。

足以完全涵蓋周遭區域的大質量魔力襲向魔獸。

發動如此強力攻擊的迎擊小組，是最上級惡魔及其眷屬。一般的魔獸遭受如此強大的攻擊，肯定已經遭到消滅了吧。

然而——

『怎麼會這樣！最上級惡魔小組的攻擊完全起不了作用！』

電視裡傳出記者顫抖的聲音。

沒錯，電視畫面當中——是面對最上級惡魔小組的強大攻擊，依然無動於衷的魔獸。

……和我們在擬似空間當中攻擊魔獸時一樣。

只能打傷身體表面。完全無法造成任何足以致命的傷害。

前往迎擊的各個最上級惡魔小組，都是排名遊戲當中名列前茅的隊伍。儘管如此，還是無法有效迎擊。即使以目前的狀況來說，光是殲滅接連冒出來的小型怪獸就已經快要忙不過來了……那些巨大魔獸都擁有壓倒性的防禦力。

負責迎擊各個魔獸的，還有墮天使派來的部隊、天界方面派出的「神聖使者（brave saint）」、瓦爾哈拉的女武神部隊，希臘方面也有戰士大隊趕來，和惡魔締結合作關係的勢力紛紛派來援軍。有了這些支援，目前至少脫離最壞的狀況。

然而問題依然堆積如山。

第一個問題就是更加強大的「超獸鬼（jabberwock）」。

昨天晚上，排名遊戲的冠軍——迪豪瑟‧彼列率領他的眷屬隊伍前往迎擊……儘管對「超獸鬼（jabberwock）」造成傷害，卻也只能暫時妨礙牠的前進。「超獸鬼（jabberwock）」迅速再生治癒傷勢，若無其事地重新進擊。

這個事實成為衝擊性的新聞傳遍整個冥界，助長了民眾不安的情緒。因為大家都認為

「只要冠軍和他的眷屬出馬，再強大的魔獸也能打倒」所有人的內心都如此深信不疑。

皇帝(emperor)彼列與其眷屬的實力無庸置疑。即使我們吉蒙里眷屬在萬全的準備下迎戰，也贏不了他們吧。他們就是這麼強。然而就連這麼強的他們，也對付不了那些魔獸。

另外一個問題是潛藏在各地的舊魔王派，趁著這個混亂發動多次造反。我想那些魔獸的進擊，也是他們的計畫的一部分。他們配合這波攻擊，目前正在各個都市大鬧特鬧。

冥界的戰士們也前去迎擊舊魔王派，惡魔世界現正陷入混戰。

而且我們也接到報告，冥界各地都有上級惡魔的眷屬趁著混亂反抗主人。可以想見一定是那些非自願轉生為惡魔的神器(sacred gear)持有者，趁此機會在發洩過往的怨恨。

若是用老師的說法，各地現在可以說是禁手(balance breaker)的跳樓大拍賣狀態。各個勢力的戰士也去處理這個問題——但是現在已經沒有多餘的戰力。因為阻止魔獸群前進才是第一要務。要是都市區域和重要據點失去作用，對於敵對組織而言正是最好的侵略條件。

……沒錯，冥界現正面臨重大危機。

因為舊魔王派的造反引發的超巨大魔獸進擊——

不過暗中促成這次行動的，似乎是冥府之神黑帝斯……而且「禍之團(Khaos Brigade)」的英雄派現在說不定也在什麼地方暗中策畫行動。

在那個擬似空間時，英雄派被黑帝斯和舊魔王派擺了一道，但是面對這個超出他們計畫的狀況，那些英雄的子孫不知道會採取什麼行動。

畢竟他們可是恐怖分子，不可能顧慮我們的情況。

具有強大力量的神佛和魔王之所以無法前去迎擊魔獸，也是顧慮到曹操可能會在任何地方伏擊。他的聖槍具備的力量足以輕易消滅神佛和魔王。

要是因為這起事件導致任何神佛或魔王遭到消滅，不知道會對今後的各方勢力情勢造成什麼影響。掌管萬事萬物的神佛和魔王對於各個世界來說，都是非常重要的巨大存在。

而且黑帝斯也隨時有可能派死神（grim reaper）大軍過來……

所幸由於政府以疏散各地區的民眾為最優先，目前並未造成嚴重的傷亡。

要是遭到更嚴重的打擊，惡魔這個種族的延續真的會陷入危機。這可以說是理所當然的安排。然而更重要的是瑟傑克斯陛下不可能輕忽民眾的安危。

不過再這樣下去，冥界會……

這就是夏爾巴·別西卜——舊魔王派對現任政府抱持的怨恨嗎？

「幾位魔王陛下的眷屬好像終於要迎擊『超獸鬼（jabberwock）』和『豪獸鬼（bandersnatch）』了。」

——突然傳來別的聲音。我轉過頭去——看見萊薩·菲尼克斯。

因為看電視看得太認真，同時又在想事情，我完全沒有發現他接近。

萊薩·菲尼克斯嘆了口氣：

「我今天是陪大哥過來的，想順便和莉雅絲還有蕾維兒見面。不過畢竟你們也有自己的狀況……我感同身受，木場祐斗。」

萊薩．菲尼克斯眉頭深鎖，一臉嚴肅。

……連萊薩都已經知道他的——一誠同學的死訊了啊。

沒錯，我們在引發這個狀況的事件當中，失去重要的夥伴——赤龍帝兵藤一誠。由於奧菲斯遭到夏爾巴．別西卜綁架，一誠同學隻身前去把她搶回來。回到原本的世界之後，我們開啟龍門(dragon gate)試圖召喚他……

但是回到我們身邊的，只有他的惡魔棋子(evil piece)——八顆「士兵(pawn)」棋子。

……當時的狀況是只有一誠同學的棋子回來，而且龍門(dragon gate)當中可以感應到些許薩麥爾的氣焰，因此可以想見他是在和夏爾巴戰鬥時，受到薩麥爾的詛咒攻擊。他也是因為這樣才回不來吧……

詛咒以何種形式發揮影響，我們不得而知，但是薩麥爾的氣焰確實透過龍門(dragon gate)傳來。恐怕是黑帝斯暗地裡和夏爾巴做了什麼交易吧。

……不擅長使用魔力的他，如果中了薩麥爾的詛咒，肯定無法活命。阿撒塞勒老師說得很清楚。

據說過去也有過只有棋子回應召喚的例子，聽說在這種狀況下，本人肯定已經喪生。

即使只有棋子也要回到主人身邊。具有這個強烈意識的眷屬，就會引發這樣的現象——在這種情況下，歸來的棋子也會失去功能，再也無法使用。

我們也請天界調查赤龍帝的靈魂目前處於何種狀況。因為宿主死後，赤龍帝——德萊格會自動尋求下一個持有者。這些資訊原本會登錄在位於天界的神器(sacred gear)系統資料庫……

不過或許是因為鎖定這個世代的神滅具(longinus)持有者變得比之前困難許多，天界方面表示直到現在還是沒有相關資訊。

神子監視者(Grigori)的神滅具(longinus)觀測機構目前也正在調查……但是他們事先已經表示過，恐怕很難得到詳細資訊。

而且應該和一誠同學在一起的奧菲斯，也是行蹤不明。不知道是直接留在次元夾縫裡，還是因薩麥爾的詛咒而滅亡。目前各方面也在持續調查龍神的下落，不過一般認為被夏爾巴帶到黑帝斯那裡的可能性很低。

——因為一誠同學不可能打輸夏爾巴。

他一定可以確實收拾夏爾巴。即使賭上性命——包括我在內，所有人都如此深信。

但是無論怎麼調查，都查不到任何消息能夠否定他——一誠同學之死的可能性……

他的死訊尚未公開，只有部分人士知情。

但是……！我們又怎麼可能輕易接受這件事……！

「感謝你的關心——你見過社長了嗎？」

我好不容易轉換心情發問，但是萊薩·菲尼克斯搖搖頭：

「沒辦法。她待在房間裡不肯開門。無論我怎麼叫都沒有反應……不過她的模樣大概也無法見人吧。畢竟是在那種狀況失去心愛的男人。」

這時有個人「叩。」的一聲在大房間裡的桌子放下茶杯。

——是小貓。

「……請用茶。」

表情和平常沒什麼兩樣的小貓放下茶之後，坐在房間角落的椅子上。

「聽好了，蕾維兒。總而言之妳要先打起精神，知道嗎？」

大房間裡又出現兩個人。是蕾維兒和另外一名男子。

那名男子——我見過他。說雖如此，其實是在電視上看過。

那是菲尼克斯家的大哥，也是繼任宗主——勒瓦爾·菲尼克斯。相貌堂堂，身上的貴族服飾端正整齊，和萊薩·菲尼克斯不良青年的風格正好相反。風度翩翩、氣質出眾，光是站著就能展現他的風采。

他在排名遊戲也曾經進入前十名。目前業界也盛傳他近期很有可能升格最上級惡魔。

原來如此，萊薩·菲尼克斯是陪他過來這裡啊。

他鼓勵自己的妹妹蕾維兒之後，對我進行確認：

「你是莉雅絲小姐的『騎士(knight)』吧。在這種狀況下，我想交給你應該就行了。」

他走到我的身邊，從懷裡拿出幾個小瓶子——是不死鳥的眼淚。

「我們之所以過來，是為了把這些交給你們，順便探望一下舍妹和莉雅絲小姐。在這種非常時期，眼淚也得分配到各個迎擊部隊，能夠準備給你們的只有這些。對於你們這些前途無量的新生代，我深感抱歉——不久之後，我也會帶著愚弟前去迎擊魔獸。」

——菲尼克斯兄弟也要迎擊魔獸啊。擁有不死之身的菲尼克斯在前線確實是相當可靠的戰力。

「……我是愚弟真是抱歉。」

萊薩．菲尼克斯聽到哥哥這麼說，顯得有些不高興……菲尼克斯家有四兄妹，這在現代的上級惡魔當中算是罕見的多數。長男和三男參加遊戲，至於次男聽說是媒體的幹部。

我從勒瓦爾手上接過眼淚……想必他是相信我們，認為我們會到前線，才將這些託付給我們吧。

勒瓦爾用手刀往萊薩．菲尼克斯頭上一劈，同時微笑開口：

「莉雅絲小姐和莉雅絲小姐的『皇后(queen)』都因為赤龍帝之死而非常失落。在這種時刻最能保持冷靜的大概只有你吧。身處於如此多情的眷屬當中，還是能夠承受失去同伴之痛——你表現得很好。

「多謝誇獎。」

……老實說，我在許多方面也已經到達極限。但是我必須繼續忍耐。正如同勒瓦爾所說，不在這裡的社長和朱乃學姊的狀態並不理想。

社長回到城裡之後，就一直拿著一誠同學的棋子關在自己的房間裡。朱乃學姊的內心也遭到打擊，失魂落魄地坐在客房的沙發上。即使我對她們兩位說話，也沒有任何反應。

她們那麼依賴一誠同學，心中想必非常煎熬吧。

……就連愛西亞同學也是待在客房裡哭個不停。

「……我好想立刻去找一誠先生……可是如果我追隨一誠先生而去……一誠先生一定會很難過……我們約好要永遠在一起……我忍不住心想，既然如此，只要我也到那個世界就可以和一誠先生永遠在一起……一誠先生……我到底該怎麼做……？」

她也是拚了命在對抗悲傷。

潔諾薇亞和伊莉娜同學還在天界。不清楚一誠同學的死訊有沒有傳到她們耳中。

可能影響天界的「系統」的潔諾薇亞（因為知道神已死）之所以能夠待在天界，聽說是因為阿撒塞勒老師還有北歐神話的世界樹（Yggdrasill）的協助，「系統」得到一定程度的補強。然而即便如此，能待的時間也很短。

雖然得到各勢力的協助，天界的「系統」還是太過纖細，有太多不明之處，想要完全分析需要花上很多時間。

加斯帕和羅絲薇瑟小姐都為了變強而出遠門，直到現在都沒有聯絡。他們兩位應該都不知道一誠同學的情況。

……吉蒙里眷屬真的是分崩離析。不久之前還是一支無與倫比的優秀隊伍，如今完全看不出來有那回事。

即使不在這裡的成員回來，也不知道能不能恢復到之前的狀態……

失去身為隊伍支柱的一誠同學，這個損失實在太過巨大……

我能夠支撐這隻隊伍嗎？一誠同學，哪怕只有一點也好，把你的勇氣分給我吧。把你那個勇於迎擊任何對手的勇氣分給我……

勒瓦爾繼續開口：

「站在我們家的立場，很想讓蕾薇兒成為赤龍帝的眷屬。如果可以，更希望舍妹可以就這樣留在他的身邊。」

「是的，這個我知道。」

一誠同學大概沒發覺，不過菲尼克斯家的意圖在許多方面都很明顯。

「……蕾維兒今後該怎麼做可以之後再談，現在能不能讓她待在這裡？難得她好像交到朋友了。是小貓和加斯帕吧？舍妹經常透過聯絡用的魔法陣向我提起他們兩位，看起來十分開心。」

這樣啊，蕾維兒向家人報告駒王學園的種種時，似乎相當高興。

「好的，我們會妥善照顧蕾維兒小姐。」

聽見我的回答，勒瓦爾笑道：

「嗯，那麼我們走吧，萊薩。身為菲尼克斯家的男人，你也得讓全冥界見識你的業火之翼。你也不希望別人繼續把你當成暴發戶的笨蛋吧？」

「我知道，兄長。那麼我們走囉，木場祐斗。莉雅絲她們就拜託你了。」

語畢的勒瓦爾和萊薩．菲尼克斯就此離開現場。

大房間再次回歸寂靜。

我坐到蕾維兒和小貓身旁。

兩人的眼眶隨即泛淚，伸手掩面。

「……怎麼會這樣……我好不容易可以接近自己打從心底敬愛的男性……」

……蕾維兒對一誠同學充滿親愛之意。她一定是打從心底敬重一誠同學吧。平常總是一副傲的態度，偶爾又會以仰慕英雄的眼神看著他。

她一定很想在一誠同學身邊，以眷屬的身分活下去吧。

小貓也輕輕開口：

「……我倒是多少有所覺悟……因為我們面對那麼多硬仗，就算一誠學長和祐斗學長再怎麼強也有極限，總有一天會碰上這種事。」

——

小貓……原來妳心中早已有那樣的想法了啊。早已有所覺悟了。說得也是，面臨那麼多生死關頭，會這麼想也是理所當然。

我和一誠同學也曾經偷偷聊過這個話題。

——關於彼此有一方死了以後的事。

聽到小貓這番話，蕾維兒激動地站起來。她流著眼淚，對著小貓放聲說道：

「……妳也看得太開了……我沒有辦法像小貓同學一樣堅強……！」

聽同班同學激動開口，小貓原本一如往常的平靜表情逐漸崩潰，一邊發抖一邊流淚：

「……我也是一樣……！……在很多方面，都已經忍耐到達極限！好不容易把自己的心意傳達給他，哪有人就這樣死了……！一誠學長……笨蛋！笨蛋！笨蛋學長……！」

小貓一面啜泣，一面以制服袖口遮住眼角。她一直在勉強自己吧。剛才端茶出來時，也是拚命忍耐自己的悲傷。

……用盡全力壓抑在自己嬌小身軀裡的情緒一口氣潰堤，她忍不住嚎啕大哭。

蕾維兒見到小貓的模樣，溫柔抱住她。

「小貓同學……對不起。」

「……嗚嗚，蕾維兒。我好難過……怎麼會這樣……」

對於兩個一年級的學妹而言，他的死訊影響甚大。

……我必須再多忍耐一會兒。就算我在這裡哭了……也無法改變什麼。還不行，現在還不是時候。

「你是木場祐斗，對吧。」

這時傳來其他人的聲音。我轉頭看去——發現墮天使的幹部「雷光」巴拉基勒先生。

「這樣啊，朱乃果然……」

我帶著現身大房間的巴拉基勒先生走在走廊上，向他說明狀況。

我正準備帶他前往朱乃學姊所在的客房。巴拉基勒先生是朱乃學姊的父親。他也是一臉沉痛。他對一誠同學和朱乃學姊都有相當程度的認識，所以才會這麼難過吧。

我請待在大房間裡的小貓和蕾薇兒去照顧愛西亞同學。老實說，她們兩位的狀態也不太適合做這種事，不過她們是同性，也都很仰慕一誠同學，感覺讓她們待在愛西亞同學身邊會比較好。

……我就不行。這個時候即使我出現在她們面前，也無法代替一誠同學。這讓我覺得自己非常窩囊。因為身為騎士我應該保護女性，卻無法拯救眷屬中的任何一位女性……

所以我希望自己至少得在需要揮劍的時候保護她們。這就是現在的我唯一能為她們做的事吧。

來到朱乃學姊所在的房間前面，我敲敲門。裡面沒有任何反應。

我和巴拉基勒先生打開門走進去。房間裡沒開燈，相當昏暗。

朱乃學姊坐在房間角落的沙發，兩眼無神。

巴拉基勒先生向前走了一步，搖晃女兒的肩膀。

「……朱乃。」

或許是因為聽見父親的聲音，朱乃學姊這才有了反應。

「……父親，大人。」

看見父親的臉，朱乃學姊輕聲呼喚他。巴拉基勒先生只是默默點頭，然後抱住她。

「事情我都聽說了。」

聽見這句話，朱乃學姊終於取回表情，把臉貼在父親的胸膛。

「父親大人……我……」

她的聲音帶著哭腔。巴拉基勒先生溫柔撫摸女兒的頭：

「現在儘管哭吧。為父的會在這裡陪妳，直到妳哭夠為止。但是吉蒙里眷屬正在逐漸成為最具代表性的新生代惡魔，而妳是其中的『皇后(queen)』。妳必須立刻為冥界發揮自己的力量才行。」

「……嗚嗚，一誠……為什麼……」

朱乃學姊在父親的懷中開始哭泣。

……有巴拉基勒先生在場，朱乃學姊或許可以稍微恢復正常吧。

我繼續待在這裡也只是打擾他們。浮現這個想法的我輕聲離開房間。

—○●○—

正當我準備回到原本的大房間時，走廊上有個熟人從我面前經過。

「——匙同學。」

是匙同學。聽見我叫他，他也舉起手來：

「喲，木場。」

「你怎麼會在這裡？」

聽到我的問題，他便嘆口氣回答：

「喔，因為會長想來看一下莉雅絲學姊，所以我陪她過來。我們來的時候，正好碰上離開的菲尼克斯兄弟。」

「這樣啊，謝謝你。」

會長也來探望社長啊。

我和匙同學一起走到大房間。他在房間裡以堅定的眼神對我說：

「木場，我也打算參加這次的事件。我要保護都市的平民。」

——西迪眷屬似乎也打算因應冥界的危機展開行動。政府確實對實力堅強的新生代發出召集令。首先大王家的巴力眷屬和大公家的阿加雷斯眷屬肯定會出馬。

西迪眷屬參戰當然不奇怪。照理來說，被視為實力堅強的新生代的我們也必須參與這次的事件。

「我們稍後也會過去會合。」

儘管我這麼說，匙同學仍然一臉擔心地發問：

「……莉雅絲學姊她們有辦法戰鬥嗎？」

……若是知道社長的現況，大概都會這麼擔心吧。我也知道。現在的社長即使參戰，也無法正常戰鬥。

儘管如此，我們還是非去不可。

「我們必須戰鬥。因為在這次冥界的危機中，所有具備足夠實力的惡魔都接到召集令。我們也是具備足夠實力的惡魔——怎麼可能不參戰。」

我如此回應。這是我的心聲，同時也是吉蒙里眷屬該有的表現。

匙同學露出滿面的笑容，用力點點頭：

「說得也是。」

前一秒還露出笑容的匙同學，表情突然變得駭人：

「你知道是哪個混帳殺了兵藤嗎？」

匙同學以充滿震懾力的眼神詢問我。

「我知道，但是那個傢伙已經不存在這個世界上——一誠同學應該打倒他了。」

沒錯，一誠同學不可能沒有解決夏爾巴．別西卜。即使中了薩麥爾的毒，一誠也會確實消滅夏爾巴。我如此相信，沒有一絲懷疑。

聽見我的回答，匙同學的眼角瞬間放鬆：

「這樣啊。兩敗俱傷。不，他怎麼可能輸。一定是打贏之後才死的吧？那個傢伙根本不可能會輸！」

匙同學——斗大的淚珠從他的眼角滑落，看起來相當不甘心。

面露充滿震撼力的表情，匙同學說道：

「殺了那個傢伙的混帳已經不在了。既然如此，我只要打倒那個傢伙隸屬的『禍之團(Khaos Brigade)』那些混帳就對了。」

「匙同學，你……」

「那傢伙是我的目標。我之所以能夠一路努力到現在，都是託了那個傢伙的福。我在對抗阿加雷斯之戰當中才能好好表現……！因為身邊有同樣身為『士兵(pawn)』的那傢伙，無論訓練有多麼辛苦我都撐過來了！」

……他一直在追趕一誠同學的背影。對於匙同學而言，一誠同學這個同梯的存在，比任何人都還要巨大。

匙同學說出充滿憎惡的話語：

「那些混帳殺害我的目標——我的摯友，我絕對不會原諒他們。我要用弗栗多的火焰將他們全部燃燒殆盡……！我的火焰是死後也不會消失的詛咒黑炎。即使同歸於盡也要耗盡對手的性命……！」

凌厲的氣焰在匙同學體內不住翻騰。他拚命壓抑隨時都會爆發的力量。

「要是你死了，我可就傷腦筋了，匙。」

轉過頭去，我看見蒼那會長。

「會長。」

「匙，我明白你為什麼會那麼激動，只是話雖如此，要是你死了我會很傷腦筋——就是要做，也請你活著燒死對手。」

被蒼那會長這麼一說，匙同學用衣袖擦乾眼淚，用力點頭回應：

「是！」

蒼那會長把視線移到我身上：

「我們就此告退了。我們得去協防位於魔王領的首都莉莉絲，並且協助居民避難。這是賽拉芙露．利維坦陛下的旨意。」

實力有最上級惡魔等級的強者都去迎擊各個巨大魔獸，所以政府要求有能力的新生代負責防衛工作以及疏散民眾。我們本來也應該過去。

「會長見到社長了嗎？」

會長輕輕點頭回答我的問題：

「但是她一直窩在房間裡。無論我問她什麼，都沒有什麼反應。」

……就連和社長最要好的蒼那會長也幫不了她啊。

「所以我找來在這個時候最派得上用場的幫手。」

「最派得上用場的幫手？」

我訝異地反問，但是蒼那社長只是露出淺淺的微笑，沒有告訴我對方是誰……她到底叫了誰過來啊？

我回到大房間裡，電視正好在報導首都的狀況。現場仍然在持續疏散民眾。大批人群在冥界軍隊的引導之下，前往安全的地點。

鏡頭忽然帶到首都的孩子們身上。

一名女記者訪問一個小孩：

『小弟弟，你怕不怕？』

小孩帶著笑容回答記者的問題：

『我不怕！因為胸部龍會來打倒那個怪獸！』

——

笑容滿面的小孩如此回答。他的手上——還握著「胸部龍」造型的人偶。

畫面邊緣陸續冒出充滿朝氣的臉孔和聲音。

『就是說啊！胸部龍會打倒牠！』

『胸部！胸部！』

孩子們的臉上沒有一絲不安，一心認為「胸部龍」會來救他們，對此深信不疑。

『胸部龍，你要趕快來喔！』

看見孩子們充滿朝氣的模樣……我摀著嘴巴，拚命壓抑從心中湧現的情緒。

……你是否在看著他們呢，一誠同學？

滿心期待你的那些孩子……他們的臉上未曾顯露不安喔？大家都打從心底相信你會去救他們……

所以你怎麼可以不回來……！你怎麼可以不在這裡……！為什麼，你沒辦法過去他們那邊……！你不是那些孩子的英雄嗎……！回答我啊，一誠同學。你怎麼可以辜負那些孩子的期待呢……！

「冥界的小朋友們比我們認為的還要堅強。」

──突如其來的聲音。不知不覺間，那個男人出現在我的身邊。

「你是！」

「兵藤一誠在冥界的小朋友心中種下相當巨大的種子呢──久違了，木場祐斗。我來見莉雅絲。」

是塞拉歐格．巴力。

塞拉歐格‧巴力表示是蒼那會長找他過來的。他帶著我，來到社長的房間前面。

「我進去了，莉雅絲。」

如此說道的塞拉歐格‧巴力大大方方地走進社長的房間。

進入室內……我們看見社長抱膝坐在床上。她的表情比朱乃學姊還要無神，眼眶又紅又腫。看來……社長一直在哭。

塞拉歐格‧巴力靠過去，不以為然地嘆氣：

「瞧妳這副沒出息的樣子，莉雅絲。」

看見他的態度，社長以不高興的表情和語氣開口：

「……塞拉歐格。你來做什麼……？」

「蒼那‧西迪聯絡我了。放心吧，她是用私人線路。大王家方面還不知道那個男人目前的狀況。」

要是大王家那邊的政治家知道一誠同學的死訊，在這場混亂之後，不知道會以何種手段逼迫現任魔王政權。因為一誠同學在冥界已經是舉足輕重的人物。

這個人還為我們顧慮到這一點。

儘管這個消息走漏只是時間的問題……但是他如此為我們著想，還是讓我很感動。

塞拉歐格．巴力面對社長說道：

「──走吧。冥界現正面臨危機。擁有強大眷屬的妳，在這種局面下怎麼可以不挺身而出？我和妳身為新生代最具實力者，必須當個好榜樣給後繼者見識。而且至今一直照顧我們的各位高層長官──魔王陛下那麼照顧我們，現在正是我們知恩圖報的最佳機會。」

他的意見非常正確。如果是平常的社長，聽了這番話想必會振作吧。

然而社長只是轉過頭去。

「……我管不了那麼多。」

「……只是因為自己的男人行蹤不明，就墮落到這種地步啊，莉雅絲。妳應該是個更好的女人才對。」

聽到塞拉歐格．巴力這句話，社長把枕頭丟過來，激動說道：

「沒有他的世界！沒有一誠的世界變成怎麼樣都不關我的事！……對我而言，那個人……他比任何人都要重要。沒有了他，我要怎麼活下去……」

社長眼中又泛出淚水，表情也逐漸消沉──

「那個男人……赤龍帝兵藤一誠愛上的女人不應該只有這種程度！」

但是塞拉歐格．巴力厲聲叱責：

「那個男人為了回應妳的心意，抱持著不惜為了妳的夢想而死的覺悟，比任何人都還要勇往直前，是個真正的強者！妳身為主人、身為那個男人愛上的女人，怎麼可以只有這點度量和器量！」

聽到塞拉歐格這番話，社長似乎相當驚訝。塞拉歐格・巴力沒有理會社長的反應，繼續說下去：

「站起來，莉雅絲。那個男人在任何時候都會站起來喔？他一直奮勇向前。只會奮勇向前。那個正面打倒我的男人，妳應該比誰都要了解他才對！」

只有勁敵才會懂的事，是嗎？或許塞拉歐格・巴力在那場排名遊戲的激戰當中，透過一誠同學的拳頭，已經比任何人都要了解他的生存之道吧。

「而且妳真的認為那個男人已經死了嗎？」

——

面對塞拉歐格・巴力這個問題，社長——還有我也一時語塞。

看見我們的反應，他不禁苦笑：

「這才是最滑稽的。那個男人不可能會死。我問妳一件事。妳獻身給那個男人了嗎？」

「……還沒有。」

聽見社長這句話，塞拉歐格・巴力放聲大笑：

「哈哈哈哈哈哈！」

笑過的塞拉歐格．巴力帶著堅定的眼神說道：

「那麼那個男人肯定沒死。有妳、有心愛的女人，又有那麼多對他抱持好感的女人，兵藤一誠才不會死。妳應該是他最想占有的對象。還沒和妳發生關係之前怎麼可能會死？」

──

……完全沒有任何根據。但是塞拉歐格．巴力的這番話，卻比其他說詞還要有說服力。

「這樣才叫『胸部龍』吧？」

語畢的塞拉歐格．巴力轉身開口：

「我先到戰場等你們──妳一定要來，莉雅絲。還有吉蒙里眷屬！那個男人最想保護冥界的小朋友，你們若是保護不了他們，還算什麼『胸部龍』的夥伴！」

留下這番話，他就此離開。

……突如其來的造訪。

蒼那會長所謂的「最派得上用場」就是這麼回事吧。

……沒錯，我們應該多加尋找他還活著的可能性。即使只剩下棋子，我們也應該摸索讓他復活的方式才對！

如此簡單明瞭的道理，為什麼我──我們都沒想到。

我感覺社長的眼睛恢復一點神采。

同時我的內心也找回一絲希望。

塞拉歐格・巴力——只靠拳頭奮戰至今的男人。正因為如此，有些事情或許只有他才會懂吧——

現在他確實將那些事傳達給我們。

—○●○—

知道那位大人出現在城裡之後，我立刻快步趕往現場。我也知道那位大人為何會過來。想必是為了解除那個人受到的詛咒吧。

現場是城內地下一個不為人知的房間——瓦利隊的人就在裡面。

在擬似空間的那場戰鬥之後，因為隊長瓦利身體不適，在瑟傑克斯陛下和阿撒塞勒老師的建議之下，吉蒙里的現任宗主秘密藏匿他們。當然了，把他們那些恐怖分子帶進吉蒙里城是個大問題。

儘管如此，他們救了我們——救了社長是不爭的事實。吉蒙里的現任宗主聽說之後，決定暫時庇護他們。

遭英雄派認定為背叛者，他們已經受到各方面通緝。目前光是找個藏身之處都很辛苦。

吉蒙里的庇護提議想必幫了他們一個大忙。

我走進瓦利休息的房間，裡面是瓦利隊的成員——以及一個體型矮小的老人。

布滿皺紋的臉上戴著設計感前衛的太陽眼鏡，嘴裡叼著菸管。

——他就是初代孫悟空。

沒錯，我想見的就是這位大人。之所以前來地下室，也是因為有件事想問初代大人。

瓦利在床上挺起上半身，初代大人伸手放在他的身上，將仙術之氣傳進體內。

初代大人的手滿是散發白光的鬥氣，從腹部移到胸口，從胸口移到脖子，接著移到嘴邊。

「咳……」

瓦利從口中吐出一團黑色的東西。

初代大人將那團東西裝進透明容器裡，蓋上蓋子，然後在上面貼了類似符咒的東西加以封印。那大概就是占據瓦利體內的薩麥爾之毒吧。

初代大人揚起嘴角。

「潛藏在身體裡的詛咒，老孫大致上都用仙術取出來了。如此一來你的身體應該會輕鬆許多吧。真是的，老孫還以為美猴那個蠢蛋難得聯絡老孫想幹什麼，原來是要老孫照顧白龍（Vanishing Dragon）啊。」

美猴坐在床邊的椅子瞇起眼睛，似乎很不是滋味。看樣子找來初代大人的似乎是美猴。我原本聽說他最害怕初代大人……看來是一心只想著要救瓦利，才會做出這樣的行動。

「吵死了，臭老頭──所以瓦利會痊癒嗎？」

「這個嘛，這小子本身具備的魔力已經超乎規格，只要老孫製造一點讓他恢復的契機就夠了吧。」

根據初代大人的這番話，剛才的治療應該可以讓瓦利不適的身體開始復原吧。

「……感謝您，初代大人。這下子我應該可以戰鬥。」

瓦利對著初代大人道謝，話中還帶著敬意。沒想到白龍皇會以尊敬的態度表達謝意……看來初代孫悟空對他來說意義重大。

初代大人拍著美猴的頭部開口：

「剛解除詛咒就想戰鬥，你這小子真是的，簡直是個無可救藥的戰鬥狂。好了──老孫也該走了。反正也見到這個蠢蛋了。」

「老頭，你要去哪裡？」

聽到美猴的問題，初代大人拿開菸管，吐出一口煙：

「這個嘛，老孫好歹也是天帝手下的先鋒。這次來是要在冥界辦點事──就是驅逐那些恐怖分子。那個天帝一點也不體恤老人家。」

也就是說初代大人也會在這次的事件中，助我們一臂之力嗎？初代大人這麼說確實讓人感到非常可靠，不過還是很在意某件事。

這時瓦利代替我說出心中的疑問。

「……初代大人，天帝和曹操有關係吧？京都的事件——曹操妨礙妖怪和帝釋天方面的會談，天帝是如何看待這件事？」

沒錯。阿撒塞勒老師說過，天帝和曹操在背地裡有所來往。但是京都的那件事卻和這個層關係互相矛盾。這究竟代表何種意義。真是越想越充滿難解之謎。

面對瓦利的問題，初代大人只是愉快笑道：

「這個嘛，老孫只不過是天帝的先鋒兼自由自在的老頭子。那個光頭武神在背地裡究竟策劃多麼深遠的計謀，老孫沒興趣。」

我感覺得到他的話中沒有隱瞞。這位大人基本上沒有任何惡意。

感覺他和美猴一樣充滿戲謔之心，至少對我們沒有抱持惡意……雖然如果這是透過卓越的仙術技巧偽裝的假象，我也能夠接受……

初代大人摸摸下巴說道：

「但是老孫認為天帝不會亂來喔？不知道接下來會怎麼出招。真要說來應該比較喜歡隔山觀虎鬥吧。這次是因為黑帝斯做得太過分了。」

——黑帝斯。

果然，這次的事件全都歸咎於冥府之神的過當行動吧……老實說，如果天帝現在出來攪局，冥界的危機肯定會變得更加嚴重。因為人稱鬥神的他，實力堅強到四大魔王必須一起上場才能與之抗衡。

瓦利等人和初代大人的對話告一個段落之後，我在一旁開口：

「初代大人，我來這裡是因為有件事想請教您。」

「什麼事啊，聖魔劍的小子。只要是老孫答得出來的事都可以回答你喔？」

「您剛才接觸過薩麥爾的詛咒，所以我想請教一下——如果遭受這種詛咒的龍活下來，會處於何種狀態？」

窮究仙術與妖術的大妖怪，甚至神格化之後成佛的齊天大聖孫悟空。這位大人接觸「伊甸園之蛇」薩麥爾的詛咒之後有什麼感覺，我很想問個清楚。

「首先是肉體肯定沒救了。詛咒的濃度到達這種程度，會從肉體開始消滅。接下來是靈魂。失去肉體這個容器的靈魂，是最為脆弱的。用不了多少時間，靈魂也會遭到詛咒而消失殆盡吧。好了，接下來才是問題所在——那麼為什麼和靈魂連結的惡魔棋子(evil piece)沒有受到詛咒呢？赤龍帝的情況也傳進老孫耳中了。聽說只有棋子回到主人身邊吧？」

這位大人也已經知道啦。真是令人敬畏的順風耳。

「是的，只有棋子回應召喚。」

「在棋子上面有沒有發現薩麥爾的詛咒？」

「沒有，找不出來。我們只有透過龍門(dragon gate)感覺到薩麥爾的氣焰。薩麥爾的詛咒並未沾染在他的棋子上。」

實情正如同我所說。一誠同學的棋子回來之後，老師調查過那些棋子，並沒有受到薩麥爾的詛咒。這個事可以肯定。

……知道這件事之後，老師瞇起眼睛思考，之後直接回到神子監視者(Grigori)的總部……

現在回想起來，當時一誠同學的死或許就有令人質疑的空間。我和同伴們完全著眼在只有棋子回來——發生這種狀況時毫無例外都是戰死，加上失去他的哀傷，這些事讓我們不小心放棄其他可能性。

聽見我的回答，初代大人吐了一口煙，揚起嘴角：

「——這就表示至少靈魂有可能平安無事。老孫不知道那個好色小鬼現在處於何種狀況，搞不好還在次元夾縫的哪個角落遊蕩呢。」

……聽到這番話，我拚命壓抑心裡湧現的情緒。

還不行。還太早了。現在高興還太早……！

但是有這個可能！我的摯友可能還活著！

初代大人看著不住顫抖的我的表情，先是露出微笑才轉過身去。

「老孫先走啦。玉龍還在外面等我——對了，美猴接下來有什麼打算？聽說你們每個人都遭到各個勢力通緝，就連『禍之團（Khaos Brigade）』也在通緝你們？」

聽到初代大人的問題，美猴偏頭抓抓臉頰。

這時黑歌在他身旁舉手說道：

「我會繼續跟著隊長喵。說來說去，還是待在這支隊伍裡面最開心啊？」

魔法師勒菲也點頭同意。

「對啊，我也要和大家共進退！亞瑟哥哥呢？」

一如往常散發平穩氣焰的亞瑟也帶著不變的笑容開口：

「我對英雄派沒有半點興趣和留戀。和之前一樣待在這支隊伍，也比較能夠和強者交手。至少對我來說，瓦利比曹操好相處多了。」

聽到他們的意見，美猴鄭重其事地對瓦利說道：

「我也會和之前一樣，繼續和你在一起喔？像我們這種不像樣的傢伙，也只有你有辦法指揮了，瓦利。」

知道隊上所有人都要留下來之後，瓦利的嘴角微微上揚。

「……抱歉了。」

「這樣真不像你！道什麼歉啊，臀龍皇！」

美猴放聲大笑，用力拍打瓦利的背。

「別這樣，阿爾比恩會哭的。他現在的狀態已經很脆弱，想去找心理諮詢師了。」

……連阿爾比恩的精神也如此疲憊啊。之前在擬似空間中，阿爾比恩之所以不發一語，也是因為心情太過於緊繃了嗎？

看見這個模樣，初代大人吐出一口煙：

「赤龍帝吸引民眾的心，白龍皇吸引『離群者』的心。二天龍各為表裡。你們兩個果然是很有意思的天龍。」

語畢的初代孫悟空離開房間。

確認初代大人離開之後，我鄭重詢問瓦利：

「瓦利・路西法，你打算怎麼做？」

「……如果我說要幫兵藤一誠報仇，你會滿意嗎，木場祐斗？」

「不，我會罵你不配。而且如果他的仇人還在，報仇也是我們的職責。不，是我會親手幫他報仇。」

我的話讓他不由得苦笑：

「原來如此，你說得對。我——只想找個對象發洩一下之前沒有完全發揮的力量。沒什麼，想找我麻煩的對象和我想找麻煩的對手多得很。」

瓦利露出桀傲不遜的笑容，笑中充滿很有戰鬥狂風格的戰意。

在瓦利隊停留的房間向初代大人問出我想知道的事之後，我離開地下。正當我根據初代大人的建言，打算趕緊設法聯絡某個人時——

「祐斗，你在這裡啊。」

有個人從背後叫住我——是葛瑞菲雅大人。

但是她並非平常的女僕裝扮。她將頭髮編成辮子，身上穿著凸顯身體線條的戰鬥服。

我一眼就看得出來這身打扮代表什麼意義——是為了以魔王眷屬的身分出戰吧。

「葛瑞菲雅大人……要上前線嗎？」

葛瑞菲雅大人點頭回答我的問題：

「是啊，在聖槍的威脅之下，瑟傑克斯不方便出馬，只好由我和路西法眷屬迎擊前往魔王領首都的魔獸——『超獸鬼（jabberwock）』。我們至少會讓牠停下腳步。」

這位大人帶著自信如此宣言，讓人深深覺得事情真的會是如此。

其他迎擊部隊也嘗試過許多阻止強大魔獸前進的方法，像是冰凍、強制轉移、在腳下製造巨大的地洞等等。

然而每個方法都失敗了。強制轉移之類的操控時間與空間的魔力、魔法都起不了作用。

大概是在創造魔獸時，已經結合能夠使這類術式失效的咒術吧。

……居然能夠在創造物上面附加如此兇惡的性能……

「魔獸創造(annihilation)」所擁有的可能性，果然危險至極。

也難怪高層們認定它是上位神滅具(longinus)，甚至認真討論是否該列為封印對象。

不過即使是這樣，我還是認為擁有惡魔最強這個響亮名號的路西法眷屬們，能夠阻止那些魔獸。

我的劍術師父也是路西法眷屬之一的「騎士(knight)」。只要師父使出絕技，肯定沒有砍不斷的東西。

「能不能請你把這個交給莉雅絲？這是來自瑟傑克斯和阿撒塞勒總督的情報。」

瑟傑克斯陛下……還有老師傳來的？葛瑞菲雅大人將所謂的情報——便條紙交給我。

「這是？」

雖然僭越，我還是打開要交給主人的便條紙加以確認——上面以略嫌潦草的惡魔文字寫著「阿傑卡·別西卜」、「據點」等字樣。

「是現任別西卜——阿傑卡·別西卜陛下目前所在位置。還有阿撒塞勒總督的傳話——

『讓他看看一誠的棋子。那個男人一定可以分析出留在那些棋子上的某種資料吧』。帶莉雅絲她們到這個地方吧，祐斗。阿傑卡陛下一定可以找出任何一點可能性。」

沒錯，這位魔王可是製造「惡魔棋子（evil piece）」的本人。也是我原本想聯絡的人……看來老師已經先一步開始收集情報。在這個狀況之中，以立場而言他應該是最為忙碌的人，卻為了我們做這麼多……

……老師，非常感謝你。如果是阿傑卡陛下，確實可以為我們提出可能性。

葛瑞菲雅大人微笑開口：

「我的妹婿可不能因為這種程度的事就消失。你們趕快取得他的存活消息，讓莉雅絲振作起來吧。具有實力的新生代在這次冥界的危機當中若是沒有挺身而出，可就不能厚著臉皮自稱次世代的惡魔。我相信自己的小姑和妹婿是足以背負冥界的優秀人才。」

……一誠同學，你的大嫂真的非常溫柔，又非常嚴厲呢。

Life.-2 好友

深夜，我和社長、朱乃學姊、愛西亞同學、小貓、蕾維兒六個人來到葛瑞菲雅大人交給我的便條紙上面記載的地點。

在那之後，我把事情一五一十告訴社長，將她從房間裡帶出來。接著也把葛瑞菲雅大人說過的話告訴其他成員，好不容易才把她們帶到這裡。

所有人都是抱持抓住最後一絲希望的想法來到這裡。

……這裡位於距離我們在人類世界居住的城鎮，搭乘電車八站的市區。地點是一棟位在沒什麼人煙的市區邊緣的廢棄大樓。據說這裡是阿傑卡．別西卜陛下在人類世界的藏身處之一，陛下目前就在這裡。

……老實說，我完全沒有想過陛下會在離我們這麼近的地方，也完全感覺不到一絲氣息……不過就憑我也想估計那位魔王陛下行事與存在，根本不夠格。

我們踏進廢棄大樓。一樓大廳稀稀疏疏有幾個人。年輕男女分成幾個小團體聊天。

……他們不是惡魔。因為我從他們身上感覺不到絲毫魔力。但是感覺得到某種異樣氣息。在這裡的所有人，都散發具備異能的人類身上擁有的獨特氛圍。

其中一組人發現我們，逕自拿出手機對著我們。

一名男子臉色一沉，語帶驚訝地開口：

「……那幾個是惡魔。而且這是怎麼回事，『等級』和『位階』都太異常了……！」

聽到男子的發言，大廳裡的每個人都拿出手機對準我們。

……所有人都緊盯手機螢幕，表情變得很嚴肅。

他們知道我們是惡魔。而且從他們的舉動來看，那些手機有評估非人者的功能……？

我突然想起阿傑卡．別西卜陛下的個性——他的興趣。我聽說陛下在人類世界開發「遊戲」，並且負責經營。

他們手上的手機，大概是和那個「遊戲」有關的工具吧。應該是透過那個掌握我們的真實身分。

……我實在不喜歡引人矚目……還是快步經過這裡，去找阿傑卡．別西卜陛下比較好。

雖然他們應該不至於攻擊我們……

正當我如此心想時，大廳前方出現一個身上氣焰和我們同質的人。

「非常抱歉。這層樓正如字面所示，是我們經營的遊戲的『大廳』之一……」

是名身穿套裝的女子。一眼就可以看得出來她和其他人不同。

——是個女性惡魔。

那名女子鞠躬之後，伸手指示前方的電梯。

「請往這邊走——阿傑卡陛下在樓頂等著各位。」

我們搭乘電梯來到樓頂。

在女性惡魔的帶領下，我們來到樓頂的庭園。這裡是個綠意盎然的寬廣場所。庭園裡不只有花草，還種了幾棵樹，甚至還有水池。

或許是因為夜已深沉，樓頂的風頗為寒冷。現場的光源只有高掛夜空的月亮，但是我們惡魔在暗處也可以看得很清楚，即使是在深夜也能輕易掌握樓頂的狀況。

女子鞠躬之後先行離開——同時有個人對我們搭話。

「是吉蒙里眷屬啊。沒想到你們會這麼多人一起過來這裡。」

我看向聲音傳來的地方。那裡是庭園擺著桌椅的中央，椅子上坐著一名年輕男子。

是名具有妖媚氣質與美貌的男子——

「阿傑卡陛下。」

社長向前踏出一步，說出那名男子的名字。沒錯，這位就是阿傑卡·別西卜陛下。阿傑卡・別西卜陛下拿起桌子上的茶杯開口：

「事情我已經聽說了。你們好像被捲入相當不得了的事件裡啊。不，對你們來說應該已經司空見慣了。你們最有名的就是每次都會遭受類似的襲擊。」

社長大步走向阿傑卡・別西卜陛下：

「我想請阿傑卡陛下看一樣東西。」

就在社長準備從懷中拿出一誠同學的棋子時。

「喔，有東西要給我看——不過妳可能要等一下。」

阿傑卡・別西卜陛下舉起手制止社長，看向庭園深處：

「看來除了你們之外，還有其他訪客。」

聽到魔王陛下的話，我們才察覺到其他人的氣息。

這個庭園裡出現除了我們以外的別人。從庭園深處的黑暗當中現身的——和我們一樣是惡魔。

「沒想到你會在人類世界的這個地方啊，虛假的魔王阿傑卡。」

……來者是幾名身上散發強大氣焰的男子。感覺每個都有上級惡魔的程度，甚至在那之上。都是相當厲害的高手。

同時，從他們稱呼阿傑卡・別西卜陛下為「虛假的魔王」來看，可以知道他們的來歷。

阿傑卡．別西卜陛下苦笑開口：

「光是從說話方式就可以掌握身分，我認為這正是你們舊魔王派的魅力。」

「還有我。」

夜色裡傳出熟悉的聲音。同樣從夜色現身的人——是白髮青年齊格飛——「禍之團（Khaos Brigade）」也來了。

他瞥了我們一眼，視線立刻轉回魔王陛下身上。

……看見他的行為，我的內心湧現一股情緒……但是目前還得努力壓抑……還沒。還不可以發洩。要發洩也得再等一下。

「……殺了他的敵人……」

後方傳來朱乃學姊等人刺激的殺氣。她們全身上下散發令人感覺到危險的氣焰。大概是因為知道對方是誰，戰意瞬間湧現吧。

那是當然。他們等於是殺害一誠同學的仇人。吉蒙里眷屬的女生還沒有喪氣到仇人近在眼前還不會散發殺意的程度。

只有愛西亞同學說聲「……為什麼一誠先生會被捲進冥界政府的鬥爭之中……？」心有不甘地冒出淚水。

……愛西亞同學，即使明知如此，一旦他所愛的人們和冥界的孩子面臨危機時，他還是會投身其中吧。這就是赤龍帝兵藤一誠。

……不過我無法理解。英雄派和舊魔王派，目前應該是敵對關係吧？我對於他們同時出現充滿疑問。

「幸會，阿傑卡．別西卜。我是英雄派的齊格飛。還有這幾位是協助英雄派的前魔王相關人士。」

齊格飛如此向阿傑卡．別西卜陛下打招呼。原來還有和英雄派友好的舊魔王派成員……真是個複雜的組織。

「我知道你，你原本是教會的戰士吧，齊格飛。而且屬於排名上位。在建立合作體制之前對我們是一大威脅。別名好像是魔帝(chaos edge)齊格吧。所以——你們找我有何貴幹？我還有其他先來的客人。先聽一下你們有什麼事好了。」

魔王陛下雙手交握放在桌上，平靜地發問。

……齊格飛姑且不論，舊魔王派的惡魔身上散發強烈的敵意。現場一觸即發。只要阿傑卡．別西卜陛下說出任何一句話不合他們的意，就會立刻發動攻擊吧。

明知如此，陛下還是表現得相當優雅。這位陛下的游刃有餘和瑟傑克斯陛下有些不同。

「就是我們之前一直詢問的事——要不要和我們締結同盟啊，阿傑卡．別西卜？」

——！

在場的我們全都十分驚訝！沒想到……恐怖組織居然會在這個時候對現任別西卜提出締結同盟的要求……

根據現場的氣氛判斷，他們想要締結同盟的對象不是全體惡魔，而是阿傑卡．別西卜陛下個人吧。

齊格飛淡淡地說下去：

「你身為現任的四大魔王，卻擁有不同於瑟傑克斯．路西法的想法，甚至擁有獨自的權利。你對於異能的研究、技術也完全超越其他人。只要你登高一呼，就可以得到人數直逼瑟傑克斯派議員的支持者吧。」

我也聽過這種傳聞。

在現任的魔王政府中，可以大致分為四個魔王派，各派系的議員分別跟隨四位魔王陛下。在四大派系當中支持者最多的，就是瑟傑克斯陛下派和阿傑卡陛下派。

這兩個派系在維持現任政府的層面處於合作關係，但是在細微的政治面向多有對立，冥界的新聞也經常談論這些爭執。經常出現在報導當中的，主要是雙方陣營對於技術體系的意見分歧。

聽到齊格飛的話，阿傑卡．別西卜陛下嘆了口氣：

「沒錯，儘管我身為魔王，還是憑個人喜好行動，也經常違背瑟傑克斯的提議和吩咐。

看在旁人眼中，或許會覺得我反對瑟傑克斯的想法吧。目前經營的『遊戲』也只是我的興趣之一。」

齊格飛聞言露出苦笑：

「你的興趣讓我們吃了不少苦頭。」

……根據他們之間的對話來判斷，阿傑卡．別西卜陛下製作的「遊戲」似乎阻礙了「禍之團(Khaos Brigade)」的活動……？

「彼此彼此吧。」

魔王陛下如此回應，齊格飛只是聳肩：

「你對於我們最大的吸引力——在於你是唯一能夠對抗那個瑟傑克斯．路西法的惡魔。聽說你和瑟傑克斯．路西法是前魔王的血脈最為顧忌、畏懼的異常惡魔。相對的，如果能夠加入我方，就是最佳戰力。」

聽到齊格飛的意見，魔王陛下摸摸下巴，表情變得緩和，似乎覺得有點有趣：

「原來如此，如果我成為恐怖分子，與瑟傑克斯為敵的話，或許是挺有意思的事。光是可以看到那個男人驚訝的表情就很值得吧。」

……陛下是認真的嗎？我猜不透陛下的真正意圖……但是他看起來非常愉快。

「我們也會提供我方擁有的資訊以及研究資料。對於隨時都在思索創新的你而言，我肯定那些具有相當充分的價值。」

齊格飛又說出更多優渥條件，阿傑卡．別西卜陛下不住點頭。

「這樣啊。『禍之團』的資訊以及研究資料。嗯，確實很有吸引力。」

陛下究竟是在說笑，還是認真的，在這個狀況完全無法判斷……

阿傑卡．別西卜陛下閉上眼睛──然後在睜開的同時明確宣告：

「──不過，我不需要。對我而言，和你們締結同盟確實很有吸引力，卻又是必須拒絕的行為。」

聽見陛下拒絕，齊格飛依然面不改色……不過在他身邊的舊魔王派惡魔倒是一口氣冒出大量的殺意。

齊格飛問道：

「我雖然很想問個詳細，不過還是簡潔一點──為什麼？」

「我之所以能夠埋首於自己的興趣，是因為瑟傑克斯完全理解我的想法。他和我──不對，那傢伙和我的交情已經很久了。對我而言，那個傢伙是唯一可以稱得上是朋友的對象。所以我比任何人都還要了解那傢伙，那傢伙對我的認識也比任何人都深。我只是因為那傢伙當了魔王，所以也跟著當魔王。說穿了，我和瑟傑克斯．路西法的關係就是這麼回事。」

阿傑卡．別西卜陛下和瑟傑克斯陛下是老朋友。說得更簡單一點，他們兩位打從年輕時就一直是競爭對手。

兩位陛下之間，一定有什麼只有他們兩位才明白的默契吧。

那在阿傑卡．別西卜陛下心目中是非常穩固的東西，足以讓陛下輕易放棄和恐怖分子締結同盟。

齊格飛點點頭，表情依然不變……看來他已經事先料到會有這個答案吧。

「這樣啊，『朋友』。雖然對我而言是個無法理解的理由，不過我知道有人會因為這種理由拒絕。」

在諷刺的笑容及話語之下，舊魔王派的惡魔騷動起來。

「所以我不是說了嗎！這個男人！這個男人和瑟傑克斯統治冥界只是為了自己！無論他為冥界的技術水準帶來多大的進步，也不能放任這種只顧玩樂的魔王不管！」

「現在正是消滅他的時候！可恨的虛假魔王！我們真魔王遺志的繼承者，要除去你這個傢伙！」

聽到這些充滿怨恨的發言，阿傑卡．別西卜陛下苦笑開口：

「實在很像你們會說的台詞。你們幾位面對和現任魔王有關的人時，該不會都說同樣的話吧？沾染太多怨念的言行既沒有風采、也沒有趣味——換句話說，就是無聊透頂。」

遭到現任魔王如此批評，舊魔王派的惡魔散發更加強烈的殺氣。

「你竟敢愚弄我們，阿傑卡！」

戰鬥已經一觸即發。不，這個狀況完全可以視為戰鬥已經開始吧。再怎麼說，對方應該也認得我們的長相，所以我們擺出架勢打算保護自己，然而——

阿傑卡・別西卜陛下鬆開在桌子上交握的雙手。

陛下向前伸出一隻手，展開小型魔法陣：

「我知道多說什麼都是白費力氣。沒辦法，我也來做一下好久沒做的魔王工作吧——讓我來除掉你們。」

「開什麼玩笑！」

震怒的舊魔王派惡魔同時從手中發出大質量的魔力波動！

好驚人的質量！如果是那種程度，我們若是中招會受到致命傷吧！

魔王陛下面對這波同時攻擊絲毫不為所動，只是操作一下手邊的小型魔法陣。魔法陣上的算式、惡魔文字開始高速移動。

對手的攻擊即將命中——就在這個瞬間！眼見即將命中的魔力波動全都偏離軌道，朝無關的方向飛去。改變目標的魔力劃過夜空。

看見這個現象，舊魔王派成員大吃一驚！

阿傑卡・別西卜陛下依然悠哉地坐在椅子上：

「你們來到這裡之前，應該大致掌握我的能力了吧？難道你們是以為只有自己的魔力能夠對我產生作用？還是經過強化之後過來，結果還是這樣，所以感到驚訝呢……無論如何，你們都奈何不了我。」

魔王陛下的苦笑使得舊魔王派成員的表情變得僵硬。

根據我的猜測，他們應該是加強過自己的實力才來的。在過去和前任魔王政府發生爭執時，瑟傑克斯陛下和阿傑卡·別西卜陛下都以反魔王派的王牌之姿在最前線奮戰，是身經百戰的英雄。兩位的英雄故事在冥界也是廣為人知。

瑟傑克斯陛下擁有足以將任何事物毀滅殆盡的消滅魔力，阿傑卡·別西卜陛下則是擁有能以算式、方程式完全操控任何現象的絕技。

明知如此，他們在過來之前應該會強化自己。但是即使如此還是無法動這位魔王陛下的一根寒毛。

阿傑卡·別西卜陛下是以自己的魔力使舊魔王派的攻擊偏移——

舊魔王派成員的表情一變，充滿害怕的神色。阿傑卡·別西卜陛下淡淡說道：

「要我來說，發生在這個世界上的所有現象、異能多半都有固定法則。只要代入算式、方程式當中就可以導出答案。我從小就喜歡計算，魔力自然也著重在這方面的發展。你們看，所以我還可以這麼做。」

魔王陛下仰望天空。

舊魔王派成員和我們都感到訝異，視線跟著向上……

這時天上傳來破風聲，而且逐漸變大——

從空中飛來的——是剛才軌道偏移，飛到別的地方的魔力波動！

魔力波動從上空襲向舊魔王派成員！

「——」

其中一個成員甚至來不及尖叫，就消失在這波攻擊當中。

其他成員在千鈞一髮之際躲過，但是魔力波動開始追擊他們！他們看著追擊自己的波動，都感到十分驚訝。

「居然控制我們的攻擊！」

「我還可以這麼做。」

魔王陛下更加迅速調整魔法陣上的惡魔文字。刻畫在魔法陣上的算式和惡魔文字，就是計算現象並且加以操控，陛下的獨門術式程式吧。

追擊他們的魔力波動——忽然迸裂化為散彈。其他的波動也變得更加細微，一直纏著逃跑的舊魔王派不放。

——居然能夠操控其他人發出的魔力，甚至輕易改變形式。

而且速度很快。化為散彈的波動、分化得更加細微的波動全都追蹤舊魔王派……而且追擊的速度變得更快！陛下竟然能夠將對方發出的魔力有如自己的手腳一般加以操控，並且提升能力……！

「可、可惡啊——————！」

知道躲不過攻擊之後，他們的手邊再次發出光芒，發出攻擊氣焰。從質量的規模來看應該和剛才的攻擊同等——不對，看得出來威力比剛才更強。

但是——阿傑卡・別西卜陛下操控的波動輕易打碎舊魔王派那些人剛發出的魔力，貫穿他們的身體。

化為散彈的魔力波動也在他們身上挖出好幾個大洞。

……受到操控的魔力波動，連威力都會提升嗎……！

偏移襲向自己的攻擊行進方向，並且順勢占據術式、加以操控。然後再變更攻擊的形式，甚至提升速度和威力……

「……這就是這個男人的『霸軍方程式（conqueror formula）』嗎……」

「隨便一出手就這麼厲害……你和瑟傑克斯到底具有多強大的力量……」

舊魔王派的惡魔們留下這幾句話，便一臉遺憾地當場斷氣。

這就是魔王阿傑卡・別西卜的力量。正如那幾個已經喪命的惡魔所說，魔王陛下幾乎沒有展現實力就平息這場襲擊。

畢竟陛下甚至還在椅子上坐得好好的——

陛下的力量之強，已經不只讓人驚嘆，甚至讓人心生畏懼。對手並不算弱。然而陛下卻只要動個手就能夠讓他們束手無策，就此喪命……

難怪大家會說瑟傑克斯陛下和這位陛下在惡魔當中，也算是超出規格的強者。

阿傑卡．別西卜陛下的視線轉到僅存的敵人，齊格飛身上：

「好了，現在只剩下英雄派的齊格飛吧。你打算怎麼做？」

然而他只是聳聳肩：

「我的手上還有王牌，所以要撤退也得先試過那招再說。」

……看見齊格飛挖苦的笑容，我感覺自己的體內湧現熱潮。這種感覺足以稱為激情。

阿傑卡．別西卜陛下對齊格飛的說法顯得有些興趣。

「喔喔，這個有意思——不過……」

陛下突然看向我：

「那名吉蒙里眷屬的『騎士（knight）』。你從剛才開始一直對他們發出很不錯的殺氣吧。」

——

魔王陛下似乎感覺到我的戰意。

阿傑卡・別西卜陛下指著齊格飛說道：

「由你來對付他如何？依我看來，你和這位英雄派的小弟應該見過面。這棟大樓和樓頂都經過我的特別處理，相當堅固。足以承受相當程度的攻擊而不至於倒塌。」

……這是我夢寐以求的提議。

老實說，在我體內不斷流竄的這股情緒已經無法壓抑，必須找個對象發洩才能平息。

我向前踏出一步。

「……祐斗？」

社長見狀訝異發問。

「……社長，我要去。如果社長願意和我並肩作戰，那麼還請社長多多幫忙。」

如此說道的我一邊向前走，一邊在手上創造一把聖魔劍。

……一誠同學。

聽到你回不來的消息時，我的腦中閃過你曾經說過的話。

——吶，木場。要不要來做個約定，我和你如果誰先死了，剩下的那個就要連同對方的份一起加油，為了大家而戰？

某天我們在進行訓練時，一誠同學突然這麼表示。

「你在說什麼啊。我們都得活下來才對吧。」

這是我的回答。一誠同學聞言露出笑容，我還記得很清楚。

他接著說下去。

──我當然知道。我一點也沒有打算要死。只是我們已經遭遇過那麼多強敵。也經歷過即使死了也不奇怪的激烈戰鬥。

──正因為如此，沒有人知道未來會發生什麼事吧？所以只是想要事先約定應付真的出了什麼事。如果我們兩個有哪一個死了，另一個就要連同對方的份一起加油。

──啊！我再強調一次，我一點也不想死喔！我還沒得到自己喜歡的女人的初夜呢！

──而且你死了我也會很傷腦筋。我可不希望自己的好友死掉。

是啊，你說得沒錯。我也不希望自己的好友死掉。

一誠同學，你總是說自己會平安回來，這次卻沒有回來。

失去你之後，我試圖以自己的方式支撐眷屬。因為我早就預料若是失去你，她們的精神一定會無法承受。

我原本以為至少只有我一個人，行動時必須保持冷靜，壓抑感情。

因為這是我和你約好的──

但是我有點無法壓抑了。最為憎恨的對象出現在自己的眼前，叫我怎麼可能還壓抑得下去……！

因為這些傢伙的無聊計畫，讓我失去了最重要的朋友……！

我有生以來的第一個摯友。卻被他們奪走了──

我怎麼可能饒過他們！

所以一誠同學，讓我稍微發洩一下個人情感吧。

我舉起聖魔劍，以憎惡的眼神對準仇敵：

「齊格飛，不好意思，讓我把這股無法壓抑的情緒發洩在你身上吧。我的摯友之所以回不來，都是你們害的──要殺死你，這已經是非常充分的理由。」

感覺到我的殺氣，白髮劍士揚起嘴角露出愉快的笑容：

「你的身上散發前所未見的沉重壓力呢……有意思。話說回來，我和你們吉蒙里眷屬還真是有緣到令人驚訝。再怎麼樣我也想不到會在這種地方遇見你們。算了，無所謂——來吧，我們做個了斷吧，赤龍帝最要好的騎士朋友。」

齊格飛的背上出現四條龍的手臂——那是他的禁手（balance breaker）。他毫不猶豫地大方展現招式，然後拔出配戴在腰間的所有魔劍，以四隻異樣的手握住。

我在手中的劍上附加屠龍（dragon slayer）之力，衝了出去！

高速接近的我揮出劍，被他用一把魔劍輕鬆擋住！

果然厲害。他掌握得了我的動作。長期戰鬥原本就對我不利。只有憑藉著能夠克制他的屠龍（dragon slayer）之力在短時間內解決。

「…………」

接住我這招的齊格飛瞇起眼睛，好像在思考什麼。

正當我覺得奇怪時，他點了一下頭，嘆了口氣：

「以目前的狀況和你交手，即使打得贏也難免受重傷。你的實力已經提升到這種程度了。就算打贏你，之後只要莉雅絲．吉蒙里或是姬島朱乃發動攻擊，我肯定會沒命。就此逃跑雖然是個好方法……但是和阿傑卡．別西卜談判失敗，面對吉蒙里眷屬又毫無作為地逃跑的話，在同伴和部下面前無法當成表率。這樣的立場真是讓人難以抉擇。最沒意思的是會被海克力士和貞德嘲笑。」

齊格飛一邊自言自語，一邊在懷裡摸索——然後掏出一把手槍。

不，好像不太一樣。從前端銳利的形狀來看……大概是手槍型的針筒吧？

齊格飛將針尖對著自己的脖子。

他露出嘲諷的笑容：

「這是在舊魔王夏爾巴．別西卜的協助之下完成的東西。算是種禁藥——不過作用對象是神器(sacred gear)。」

「你要強化神器(sacred gear)能力吧。」

他以點頭回答我的問題。

……居然還研究這種東西。我也知道他們進行其他實驗，用奧菲斯的「蛇」纏繞神器(sacred gear)，藉此強硬引出持有者的各種特性。

齊格飛說道：

「聖經記載之神創造出來的神器(sacred gear)，如果注入宿敵真魔王之血加工的產物，將會產生何種結果。這就是研究的主題。經過許多犧牲，累積龐大的資料之後，我們成功融合神聖的道具以及深淵之魔性。」

……魔王之血！而且還是繼承真魔王血脈者的……他們將夏爾巴．別西卜的血加工之後，製造出讓神器(sacred gear)活性化的道具嗎？

齊格飛看向握在手上的格拉墨：

「照理來說，如果完全發揮這把魔帝劍格拉墨的力量，應該可以打倒你……但是很遺憾的，這把劍可以說是選中我，也可以說是詛咒我。木場祐斗，你應該明白箇中道理吧？」

他說得沒錯，我很清楚其中的理由。為什麼齊格飛在和我們戰鬥的時候從來沒用過最強的魔劍格拉墨？

如果傳承沒錯，魔帝劍格拉墨是把銳利度驚人的魔劍——帶有攻擊性氣焰，足以斬斷任何東西。沒錯，可以說是杜蘭朵的魔劍版。

然後那把劍還有另外一個特性——就是屠龍之力(dragon slayer)。那把劍之所以能夠消滅五大龍王「黃金龍君(Gigantis Dragon)」法夫納（之後北歐諸神才讓法夫納重生）也正是因為這樣的特性。

換句話說，格拉墨是同時具備能夠斬斷一切的兇惡銳利度以及強大的屠龍之力(dragon slayer)兩種能力的魔劍。簡單來說，就是同時擁有杜蘭朵＋阿斯卡隆的特性。

根據這些特性，再加上持有者——齊格飛的特徵，就會得到很諷刺的答案。

齊格飛的神器(sacred gear)是「龍手(twice critical)」的亞種，禁手(balance breaker)也是亞種版。這種神器(sacred gear)屬於龍系神器(sacred gear)，顧名思義，具備龍的性質。

如果使用一般龍手(twice critical)的能力，想要盡情揮舞格拉墨並沒有什麼太大的問題。然而能力大幅提升的禁手(balance breaker)就另當別論。

他越是提升自己的能力，就越不適合使用魔帝劍格拉墨。

齊格飛越是解放自己的能力，格拉墨對他造成的影響就越嚴重，最後將會自取滅亡。

一誠同學身為赤龍帝卻能夠將阿斯卡隆收納在手甲當中、照常使用，是因為有天界的協助，加上他的神器(sacred gear)屬於例外。

然而齊格飛的神器(sacred gear)儘管是亞種，卻不能算是例外——

即使受到最強的魔劍青睞，魔帝劍沒有連同他擁有的能力一起眷顧。真是諷刺……或者可以說是命運的捉弄吧。

這裡也有一個在聖經記載之神留下的神器(sacred gear)系統受到考驗的人啊——

齊格飛揮動格拉墨，發出咻咻的破空聲。

「……在禁手(balance breaker)狀態下，像這樣完全壓抑攻擊性氣焰加以運用的話，倒是把既銳利又堅固，各方面都很均衡的好魔劍。但是這樣無法解放這把劍真正的特性。話雖如此，一旦解放它的力量——禁手(balance breaker)狀態下的我又會因為自己的魔劍受到致命傷。這傢伙可沒有好心到會顧慮主人的身體。」

他若是要使用格拉墨，只能在解除禁手(balance breaker)的狀態。「使用包括威力遭到壓抑的格拉墨在內的五把魔劍以及一把光之劍＋禁手(balance breaker)狀態的龍手(twice critical)」，和「包括發揮全力的格拉墨在內的魔劍三刀流（一般狀態的龍手(balance breaker)）」，在這裡還有那個擬似空間時，這兩種做法究竟哪種能夠對付我們？

答案是前者。

「沒錯，想用格拉墨的話在一般狀態就可以了。但是和禁手（balance breaker）六刀流相比，一般狀態自然是相形見絀。尤其在和你們交手時更是特別明顯——因為不用禁手（balance breaker）能力就無法順利對付你們。不過只要在禁手（balance breaker）狀態也能夠使用魔帝劍格拉墨，一切又另當別論。」

齊格飛將注射器貼近脖子——插了進去。

經過短暫的寂靜……齊格飛的身體突然開始鼓動。鼓動逐漸變得強烈，身體也有了變化。

隨著奇怪又鈍重的聲音，長在背上的四隻手逐漸變大，變得越來越粗壯。五指也慢慢失去原形，和手上的武器——魔劍同化。接著齊格飛本人也有所變化。

他的表情變得猙獰，臉上的血管隆起。全身上下的肌肉彷彿生物一般開始蠕動，身上的英雄派制服為之迸裂。

出現在眼前的是個背上長著四隻巨手的怪人，又粗又長的手臂足以觸地。

那副模樣已經稱不上阿修羅，更像是蜘蛛怪物。身上散發的龐大壓力以及詭異的氣焰更是非比尋常。

外貌大變的齊格飛臉部不住痙攣，揚起嘴角笑道：

「──『業魔人(chaos drive)』，我們是如此稱呼這個狀態。這種禁藥稱為『魔人化(chaos break)』，分別從『霸龍(juggernaut drive)』以及『禁手(balance breaker)』的名稱各自借用一部分。」

聲音也變得低沉而渾厚……就連聲音都變了。

「太了不起了。有時候人類會創造出超越天使和惡魔的東西。我還是認為人類才是可能性的結晶。」

阿傑卡・別西卜陛下如此說道。

……說得也是，身為人類卻讓神製造的東西如此巨大，甚至利用魔王的血肉。我這才明白為何要隱匿異形之力的存在，不讓人類知道。

──因為人類會讓欲望無限進化。有時甚至超越神和惡魔。

化為怪物──不，化為魔人的齊格飛向前踏出一步……光是這樣就讓這座空中庭園的氣氛一變，瘴氣席捲現場。

與魔劍同化，達成異常進化的四隻極粗「龍手(twice critical)」一甩──

──要來了！

如此判斷的我在看見攻擊之前已經向前衝去。我原本站立的地方冒出漩渦狀的氣焰和冰柱，就連地面也被挖開，冒出次元裂縫。

各把魔劍的交叉攻擊嗎！我的判斷要是再慢一點，身體大概已經四分五裂了吧。

——！

我察覺前方傳來的異樣寒氣，當場將聖魔劍變化為聖劍，製造出一個禁手（balance breaker）的騎士，在空中踹了騎士一腳，藉以拉開距離。

下個瞬間，一道極大的凌厲氣焰奔流穿過我原本所在的空間！我用來當作空中立足點的甲冑騎士消失得無影無蹤。

我在空中看向齊格飛——他剛揮下格拉墨。

那就是格拉墨的攻擊！明明躲過了，攻擊性氣焰的餘波卻刺激我的身體，全身上下竄過一陣痛楚！如果直接命中，我的身體肯定會完全消失。

他幾乎沒有集氣就使出剛才那招。不僅如此，還具備相當於杜蘭朵的破壞力。不，因為不需要集氣時間，比起杜蘭朵更加危險。原本以為沒有神聖氣焰應該還好，但是威力那麼強大實在讓人無法放心。

在樓頂落地之後，將手上的劍變回聖魔劍，瞬間逼近他的身邊。橫掃的斬擊被他以一把魔劍輕鬆擋下……

極為粗壯的四條手臂施展的斬擊全都充滿破壞力，一旦直接命中就可以輕易粉碎我的身體。唯一一把不是魔劍的，是齊格飛握在左手的光之劍。那把劍可以靠吞噬光的聖魔劍加以消除……不過五把魔劍沒那麼簡單消失。

我和齊格飛的過招持續了一陣子。我以足以產生殘像的速度行動，但是所有攻擊全被他的魔劍擋住……明明長在背上的龍手變大之後目標也跟著變大，他還是能制住我的劍。

而且他還不時以握在右手，帶著危險氣焰的格拉墨朝我揮出銳利的一劍。即使沒有直接命中，光是揮劍就足以用格拉墨的攻擊性氣焰對我的全身上下造成傷害。

沒有擊中我的格拉墨波動挖開地面，直直向後方飛去。空中庭園在格拉墨一道又一道兇暴的波動之下變得一片荒蕪。遭受如此猛烈的攻擊，大樓卻依然健在，應該是因為阿傑卡・別西卜透過魔力之類的方式補強，才會如此堅固吧。

他以格拉墨發出的波動威力之強，一般的大樓面對那股破壞力早就不知道倒塌幾次了。

——！他同時以五把魔劍朝我刺來！我在閃躲的同時順便在腳尖創造聖魔劍，朝對手的側腹踢去！聖魔劍的特性當然是屠龍(dragon slayer)！只要直接命中就可以逆轉情勢！

刺進去了——正當我如此心想之時，響起金屬碎裂聲，我的聖魔劍脆弱粉碎。

……他的肉體強度已經比我的聖魔劍還要堅固嗎……！

看見這樣的結果，齊格飛驕傲地笑了。

「——看來我的肉體經過強化之後，已經超越你的屠龍(dragon slayer)聖魔劍了。」

齊格飛抓住我踢向他側腹的腳，直接往上高舉——

……我瞬間感覺到整個人飄在空中。接下來他會如何攻擊也不難想像——我被猛力向下一摔！

他憑藉著強大的腕力，豪邁地將我整個人摔在地上——

接著又以一把魔劍出招——一陣沉重的衝擊朝我襲來，幾乎要將我壓扁。

衝擊穿過我的身體，在地面製造巨大的隕石坑。

身上各個角落發出筋骨磨擦的聲音——

…………！難以言喻的劇痛、悶痛竄過全身，意識差點中斷。我吐出從腹中湧上的東西。大量的鮮血將空中庭園的綠意染紅。

……摔在地面上的衝擊和魔劍的攻擊，讓我渾身顫抖不止。

各個部位都受到相當嚴重的傷害，引發痙攣……骨頭大概也有好幾根已經不行了。

……儘管如此，我還是不能輸。

我拚命維持意識，站起身來邁開步伐，先是從原地退開，之後重新調整姿勢，立刻砍了過去！

齊格飛交叉兩把魔劍，毫不費力地擋下我的劍：

「防禦力薄弱的你，在剛才那波攻擊之下應該受了相當嚴重的傷吧？」

齊格飛以低沉的嗓音笑著開口。

……是啊。握著劍的手使不上力。

他握著交叉的魔劍推過來。我的身體被他彈開，腳步有點不穩……腳也使不上力。再這樣下去我會倒下。我用盡體內僅存的力氣，全部灌注在腳上。好不容易站穩腳步。正當我如此心想之時——

冰塊包住我的腳掌……！糟了！他用魔劍的力量凍結我的腳掌！我立刻將聖魔劍變化為火屬性，試圖消除冰塊——

但是地面冒出兩根冰柱，貫穿我的雙腳。

齊格飛同時揮下魔劍加以追擊。

我的雙腳遭到封鎖，無法閃躲，只好扭轉身體，在手上創造出好幾把聖魔劍當成盾牌。

然而成束的聖魔劍也遭到破壞，我的左手從肩膀被輕易砍下——

……即使失去一隻手，我仍然以火焰聖魔劍溶解腳邊的冰，向後方跳開。

失去左手，傷口流出大量的鮮血……我把劍換成為冰之聖魔劍，凍結肩頭和兩腳被刺穿的傷口……雖然只是緊急處理，不過這樣應該可以止血……

……全身上下無處不感覺到劇痛。雙腳都開了一個大洞，跪倒在地的模樣真難看……我最引以為傲的雙腳就這麼廢了。

「祐斗……！」

社長一臉沉痛地呼喚我的名字。她握著一誠同學的棋子，好像是在期待什麼。

……社長，就算妳想依賴一誠同學，他也不會過來喔？

……妳得自己站起來才行。如果妳失去戰鬥意志，連眷屬也會受到影響。

事實上，朱乃學姊和小貓都只會提心吊膽看著我，根本無法行動——失去一誠同學的大家，也失去戰鬥意志。

剛才她們雖然放出殺意，但是並沒有強烈到足以推動她們的身體。在這樣的狀況下，我們終究還是無法拯救冥界的危機，塞拉歐格．巴力……！

……如果我也能像一誠同學那樣，懂得大為振奮人心的訣竅就好了。

「……連木場先生都會死……不要……我不要再讓這種事發生……」

愛西亞陷入恐慌，伸手對準我。她大概是想對我發射恢復之光吧……但是出現在她手上的光芒非常微弱，能夠發出的量似乎不如以往。

……恐怕是因為失去一誠同學對她造成的精神打擊，使得神器（sacred gear）能力暫時變弱了。我多少料到這一點。因為推動神器（sacred gear）的是意念的力量。

社長和朱乃學姊也打算攻擊而發出魔力——但是氣勢和威力都不比以前，微弱到齊格飛舉刀一揮就可以輕易掃開。

小貓身上的鬥氣和蕾維兒的炎之翼也一樣，力量顯得黯淡許多。

無法發揮能力的狀況比自己認為的還要嚴重，這樣的變化讓她們大受打擊。

……我必須保護大家才行。我必須代替大家——代替一誠同學而戰。

我拿出勒瓦爾．菲尼克斯交給我的不死鳥的眼淚之一，灑在傷口上。

痛楚瞬間得到緩解，傷口也逐漸癒合——當然了，左手沒有長回來。

……看來必須撿回掉在那邊的手臂，之後再接回來才行。

……儘管傷勢治好，失血導致的體力流失依然顯著。腳還是不太能夠使力。

無論我怎麼試著想站起來，腳還是一直發抖。真是太沒用了。我的弱點——防禦力啊。

齊格飛見狀放聲嘲笑：

「你們真是糟透了。一點也不像之前遇見的吉蒙里眷屬。剛才妳們發出那麼棒的殺氣，我原本還期待妳們會介入我和木場祐斗的戰鬥呢。沒想到只有這種程度……」

不，老實說，我也快受不了了。

——因為我的前後左右，都沒有平常在那裡的一誠同學。

我從來沒有想過無法和一誠同學並肩作戰，原來是這麼痛苦、難熬的事。如果有你在我的身邊，光是這樣就可以讓我不至於像這樣難看地跪倒在地吧。

「兵藤一誠真是白犧牲了。為了救那個被榨乾的奧菲斯，他獨自留在那個空間當中，和夏爾巴同歸於盡吧？因為在那之後，夏爾巴的氣息也消失了。如果他還活著，一定會很高調地向我們宣戰，也會對冥界宣揚舊魔王派的力量吧。要是兵藤一誠當時直接丟下奧菲斯不管乖乖回來，現在應該已經可以做好準備，再次出擊。奧菲斯也就算了，夏爾巴就算晚一點解決也沒關係。學不會瞻前顧後、貿然行動，就是赤龍帝最大的缺點。」

──

…………

……聽到齊格飛這番話，我的思緒瞬間變成一片空白，接著又在下個瞬間，心中湧現黑暗的情緒。

──兵藤一誠　真是　白　犧牲了。

……白犧牲……？一誠同學……？

……胡說什麼……他在胡說什麼……！

懊悔、悲傷，還有和他的約定占據我的心。

儘管渾身不停發抖，我還是在腳上施力。腳慢慢打直。

雙腳仍然沒用地抖個不停，但是我總算站起來了。

我毫不猶豫地將已經來到喉嚨的情緒對天放聲大吼：

「喔喔喔喔喔喔喔喔喔喔喔喔喔喔喔喔喔喔喔喔喔喔喔喔喔喔喔喔喔喔喔喔喔喔喔！」

聲音大到自己也難以置信。簡直像是從丹田、從心底湧現的東西直接噴發──

好友的聲音頓時在我腦中甦醒。

『木場，我們是吉蒙里眷屬男生。』

是啊，我知道，一誠同學！

『所以無論在任何時候都要站起來和大家一起戰鬥。』

沒錯，無論對手是誰，我們都必須勇往直前！

「……還沒結束。」

一步又一步，我朝齊格飛逼近。同時也在手上創造聖魔劍——

「我還能戰鬥！我必須站起來才行！像那個男人一樣！吉蒙里眷屬兵藤一誠，無論在任何時候、無論面對任何對手都毫不退縮，勇往直前！」

要是在這個時候倒下，我要拿什麼臉去見一誠同學……！

吶，對吧，一誠同學！

在這個時候如果不能站起來，我又怎麼能自稱是你的朋友！

「赤龍帝不是你可以貶低的男人！不准你瞧不起我的摯友！」

混著淚水的咆哮。只能出一張嘴的我真的很窩囊。

齊格飛斷然否定我的話：

「沒用的！就算想表現得和那個赤龍帝一樣，你還是有你的極限！區區的人類轉生者，無論多麼才華洋溢，肉體的極限——傷勢都會絆住你！」

……這個我很清楚。我的肉體已經到達極限。就連好好握住劍的力氣也不剩。

但是……但是！一誠同學即使是這樣也可以勇往直前！

降臨吧——即使只有一點點也好，降臨吧——

推動兵藤一誠的毅力和氣力！哪怕只有一點點也好，降臨到我的身上吧！

正當我舉著劍準備向前衝時——

視野角落發出鮮紅色的閃光。我把視線移過去——

「——一誠同學的棋子。」

社長手中一誠同學的棋子發出鮮紅色的光芒——

一顆「士兵(pawn)」棋子從社長的手上飄向空中。那顆棋子變得更加光亮，將漆黑的夜色照成一片鮮紅。

那顆棋子飛到我的身邊，接著迸射更加強烈的光芒！

由於光芒實在太過強烈，我瞬間眨了一下眼睛……於是我的眼前……

是飄在空中的聖劍——阿斯卡隆。

「……一誠同學的棋子……變成阿斯卡隆……？」

——我們上吧，兄弟。

「——」

我覺得好像聽見一誠同學的聲音。

我的眼淚奪眶而出……流個不停。你這個人到底好到什麼地步。即使只剩下棋子，你還是眷顧著夥伴……眷顧著我……！

滿臉涕泗縱橫的我握住阿斯卡隆：

「說得也是，一誠同學。我們上！只要和你在一起，我就可以無止境地變強！只要你願意借我力量！無論對手是誰——我都可以將他千刀萬剮！」

從阿斯卡隆傳來的勇氣貨真價實。

這種踏實的感覺，就像和一誠同學並肩作戰。

很好，我可以。這樣就夠了。我——還能再戰！

我的雙腳自然而然地不再顫抖，體內深處湧現令人難以置信的活力。

我用力握住阿斯卡隆，砍向齊格飛！

擋下我正面發動的一擊，他十分驚訝：

「……！這怎麼可能……！你居然站得起來……！流了那麼多血，就連你最引以為傲的雙腳應該也動不了……！」

「他叫我向前衝。他叫我站起來。一誠同學透過這把劍叫我勉強自己硬上。既然如此，我也只能衝了不是嗎……！」

阿斯卡隆釋放龐大的氣焰。

屠龍聖劍(dragon slayer)──阿斯卡隆。受到氣焰侵襲，齊格飛的身體產生變化。

──他的身上冒出異樣的煙霧。表情也顯得很痛苦。

「……從那把聖劍上傳來的力量……這是什麼……！」

這樣啊，阿斯卡隆讓這個男人痛苦不堪。即使能夠因應格拉墨的力量，原本由一誠同學持有的阿斯卡隆又另當別論吧。

行得通！就在我如此心想時──齊格飛手上的格拉墨發出光芒。

他又要出什麼新招式嗎？正當我感覺危險準備向後跳時──卻發現不是那麼回事。

格拉墨的光芒照耀著我。光芒之中沒有攻擊性，反而像是要迎接我……

「──！格拉墨！魔帝劍正在呼應他？──呼應木場祐斗？難道是魔人化(chaos break)引發的問題嗎？」

齊格飛大吃一驚。沒想到他會這麼著急……

原來如此，在這個緊要關頭，格拉墨……重新選擇自己的主人嗎？

我面對格拉墨，對著它大喊：

「——來吧，格拉墨！如果你願意選擇我，我也願意接受你！」

彷彿聽見我的話，格拉墨發出更加強烈的光芒。光芒燒灼原本持有者齊格飛的手，像是在拒絕他。

格拉墨飛上天空，刺進我眼前的地面。

齊格飛見狀，似乎無法相信發生什麼事，一邊搖頭一邊開口：

「怎麼可能……！怎麼會有這種事！都只剩下棋子了！赤龍帝還要戰鬥嗎！還是可以讓這個男人站起來嗎！」

……難得格拉墨選擇我，只有一隻手大概連運用都有困難吧。

正當我如此心想之時，有人走到我的身邊。

——是愛西亞同學、小貓，還有蕾維兒。

小貓撿起我被砍斷的手臂抵在肩膀，接著愛西亞同學伸手——發出淡綠色的氣焰。同時蕾維兒確實支撐我的身體。

在柔和的氣焰作用下，我的斷臂緩緩接合，逐漸恢復功能。

愛西亞同學和小貓、蕾維兒都在流淚——她們的手上都握著一誠同學的鮮紅色棋子。

「……我好像感覺到一誠先生透過棋子，對我說『愛西亞也要戰鬥』。」

愛西亞同學拚命忍住淚水，露出笑容。

「……我也覺得學長在對我說『去幫我的好友一把』。」

小貓也露出同樣的微笑。她的手上傳來仙術的治療之氣。

她們的氣焰都非常溫柔，充滿慈愛之情。

「我好像也聽見了。聽見一誠先生的聲音……他說『請妳支援小貓和其他人』。竟然對不是眷屬的我也這麼好……真是太溫柔了……！」

蕾維兒擦乾眼淚，帶著笑容開口。

「──『請和大家並肩作戰』啊。說得也是。他一定會這麼說。」

社長拿著一誠同學的棋子站向前去──

熱淚盈眶的眼中燃燒著鬥志。

「上吧，我可愛的惡魔僕人們！以吉蒙里眷屬的身分，讓眼前的敵人灰飛煙滅吧！」

──恢復了。

社長平常的台詞。太好了，一誠同學，社長終於恢復了。

這樣就可以戰鬥。無論何時、無論對手是誰……肯定都可以戰鬥！

託愛西亞同學的福，被砍斷的左臂已經完全接合，於是我拔起插在眼前的格拉墨。

……劍上傳來強大的力量。這就是最強的魔劍——魔帝劍格拉墨。

若是同時施展這把劍的屠龍之力（dragon slayer）和阿斯卡隆的屠龍之力（dragon slayer），無論齊格飛的身體再怎麼強健，想必也是支撐不住。

我舉起兩把劍，在腳上灌注力量。我最自豪的腳也充滿氣力。

好，再戰一次吧。不過現在和剛才不一樣。

——己方不只我一個，而是吉蒙里眷屬！

社長、愛西亞同學、小貓、蕾維兒都以銳利的眼神盯著齊格飛。

社長從手上發出強大的毀滅魔力！同時我也衝向前方！

「還早得很！即使如此，我身為英雄的子孫——」

話才說到一半，齊格飛頭上忽然閃過電光。一道極大的雷光瞬間劃過夜空，籠罩他整個人，連同周遭的景物一起吞噬殆盡——

我看向空中——發現展開墮天使黑羽翼的朱乃學姊。長出三對羽翼，朱乃學姊的模樣簡直有如上位墮天使。

「——這就是我的最後絕招，墮天使化。我拜託父親和阿撒塞勒，加強了『雷光』的血統。」

朱乃學姊的雙手手腕都戴著閃閃發亮的東西，是刻有魔術文字的手環。手環上浮現閃耀金色光芒的魔術文字。那個飾品強化了朱乃學姊……？不，是喚醒原本沉睡的墮天使之血吧。那對手還應該是阿撒塞勒老師和巴拉基勒參與製作的東西。

「對不起，一誠。『展現妳平常的笑容給大家看』──就連你留下來的心意……也差點被我給抹殺……！我已經沒事了。我也可以戰鬥！」

朱乃學姊帶著堅定的眼神如此宣言。太好了。如此一來，一誠同學和我們最崇拜的「兩位大姊姊」也復活了！

毫無防備地遭到特大落雷擊中，齊格飛全身化為焦黑。身上四處都在冒煙。雷光的威力真是驚人。就連對付施打強化禁藥，讓身體變得更為強健的齊格飛，也可以造成那麼嚴重的傷害……看來朱乃學姊的雷光的威力又變得更強大。

接著社長發出的毀滅魔力襲向齊格飛加以追擊。

變得粗大的龍手全被魔力炸飛，消失殆盡。

然後這是致命一擊，齊格飛！

嘶！──我手上的聖劍阿斯卡隆和魔劍格拉墨從正面深深刺進齊格飛的身體。

齊格飛吐出一大口鮮血：

「……我……竟然被幹掉了……？」

他輕輕撫摸背叛自己的格拉墨──但是魔劍灼傷他的手，像是在拒絕他。看見此情此景，他露出自嘲的笑容。

「我們贏了，一誠同學。」

如此說道的我將兩把劍從齊格飛身上拔出來。

他的身體已經流不出鮮血——在兩把屠龍劍(dragon slayer)的影響之下，齊格飛的身體正在逐漸崩潰。

有如裂痕的紋路爬滿他的全身，最後潰散。這樣的現象擴展到身上每一個角落。

就在身體冒煙逐漸崩潰的過程中，他瞇起眼睛輕笑：

「……哈哈……就算殺了兵藤一誠，他還是繼續奮戰啊……！」

他看著我——還有我的夥伴們。崩潰的裂傷已經擴展到他的臉上。

「為什麼不用不死鳥的眼淚？你們英雄派有自己的管道可以拿到吧？」

這是我的問題。他們在京都那一戰用過不死鳥的眼淚。就算還擁有也不奇怪。但是即使身體逐漸崩潰，他也沒有要使用的打算。這讓我感到很不自然。

齊格飛搖搖頭：

「……變成這個狀態之後，就無法以不死鳥的眼淚進行恢復…………理由至今仍然沒有查出來……」

……原來這種強化狀態還有這個缺點。也就是說他們能夠達到極度的強化，恢復方面卻無法期待。這個情報相當重要。

「……果然是這樣……那個戰士培育機構培育出來的教會戰士……到了最後都不會有什麼好下場……」

只留下這最後一句話，他的身體便脆弱地煙消雲散——

—○●○—

我們擊退了舊魔王派以及齊格飛。

社長重新提出請求，讓阿傑卡．別西卜陛下檢查一誠同學的棋子。剛才變化為阿斯卡隆的那顆棋子，在達成任務之後再次變回棋子。

大概是一誠同學留在棋子上的某種力量，以及阿斯卡隆的殘留氣焰呼應我們的意念，才引發那樣的變化——這是阿傑卡．別西卜陛下的猜測。

無論如何，大概是某種只存在於他和我們之間的力量引發那個現象吧。這也表示他隨時都在我們身邊，這讓我感到高興不已。

桌子上擺著西洋棋的棋盤，魔王陛下將一誠同學的八顆棋子放在「士兵（pawn）」的固定位置。

陛下展開小型魔法陣，開始調查棋子的內部。

不一會兒，阿傑卡．別西卜陛下意味深長地開口：

「喔喔，這是……」

「您發現什麼了嗎？」

聽到社長的疑問，魔王陛下伸手指摸摸一誠同學的棋子說道：

「八顆當中有四顆變成『變異棋子(mutation piece)』。每顆棋子的價值都有些差異……真是太驚人了。大概是那招三叉升變(triaina)和鮮紅色的鎧甲表現在這四顆棋子上吧。兵藤一誠引發的這個現象，天龍和惡魔棋子(evil piece)的組合──這種調和的規格，遠遠超出我的想像。當時幫他進行的調整真是太有價值了。剛才的現象也非常耐人尋味……看來他的意志直接反映在棋子上了。」

──八顆當中有四顆變成「變異棋子(mutation piece)」……一誠同學在轉生時，用在他身上的「士兵(pawn)」棋子都是普通的棋子。因為社長手上的唯一一顆「變異棋子(mutation piece)」已經用在加斯帕身上。

棋子居然在他的體內產生那樣的變化，真是太厲害了。這也是阿傑卡・別西卜陛下事先在惡魔棋子(evil piece)棋子當中設計的隱藏要素反映出來的結果吧……那個所謂的乳力(new power)大概也起了某種作用。畢竟他是一誠同學。

「然後從那些棋子上，還能查出什麼其他的事嗎……？」

社長再次開口詢問。包括我在內，全體眷屬和蕾維兒都認真地等待阿傑卡・別西卜陛下的回答。

魔王陛下斬釘截鐵說道：

「從這些棋子我所能得到的答案如下——雖然不知道處於何種狀態，但是他活在次元夾縫當中的可能性很高。因為這些棋子最後的紀錄資訊並非『死亡』。還有赤龍帝德萊格的靈魂也是，仍然以神器(sacred gear)的狀態留在他身邊。兵藤一誠和赤龍帝的手甲(boosted gear)應該在一起才對。然後這些棋子仍然持續運作，還可以使用。不過僅限於刻印在這些棋子上的登錄資訊，只能用在他身上。不，說是『可以回到兵藤一誠身上』比較貼切吧。」

——！

…………

難以言喻的情緒……在全身上下流竄。

在大家都激動到說不出話的狀況下，魔王陛下繼續說明：

「可以肯定的是容納這些棋子的容器——也就是靈魂及肉體，正處於不穩定的狀態。既然中了薩麥爾之毒，肉體肯定沒救了。這點從這些棋子的資訊當中也看得出來。但是接著根據調查這些得到的資訊，受到薩麥爾詛咒的靈魂應該還沒有消滅。肉體毀滅之後，詛咒的魔爪應該會立刻伸向靈魂……但是在身體毀滅之後，經過靈魂應該消失的時間，靈魂依然安然無恙。這些棋子是這麼說的。只是相當難以掌握靈魂會處於何種狀態，不過我聽阿撒塞勒總督的說法，那個奧菲斯或許跟在他身邊。既然如此，會發生什麼事都不奇怪。無論是以何種形式，他都以僅剩靈魂的狀態活著。」

「如果靈魂安然無恙，已經毀滅的肉體……該如何是好呢？」

我這麼詢問阿傑卡・別西卜陛下。

「嗯。他的雙親還安好吧？或者是他的房間如果有基因情報——例如脫落的體毛之類的也可以。」

「雙親都還安好……體毛的話，回他的房間應該也找得到。」

「既然這樣，在他的靈魂歸來之後，必須先從他的雙親或是本人的體毛檢驗基因，盡可能重新建構最接近的肉體。神子監視者(Grigori)經營的研究設施應該辦得到吧。光是重現肉體應該沒問題。只要應用複製人的技術就可以了。」

「……問題在於其他部分嗎？」

這是社長的問題。魔王陛下點點頭，繼續說下去：

「靈魂是否能夠依附在新的身體上，還有那個身體能否接受神器(sacred gear)——赤龍帝的手甲(boosted gear)。問題大概是這兩個吧。前者如果出現排斥反應，可以靠著藥物或是其他魔法、魔力進行治療，應該還有辦法解決。但是或許必須終生接受治療。最大的問題是接下來的後者——神器(sacred gear)相當敏感。尤其神滅具(longinus)更是如此。墮天使方面已經建立取出神器(sacred gear)、進行移植的技術，但是完全無法預測將赤龍帝的手甲(boosted gear)移植到新的身體會有什麼後遺症。總之得到新的身體之後，只要讓他的靈魂依附上去，然後使用先行回來的惡魔棋子(evil piece)，他就可以再次變回妳的眷屬，繼續活下去。要是連棋子也產生排斥反應，到時候我可以進行微調，這個你們就不需要擔心了。幸好棋子沒有因為薩麥爾的詛咒而損壞。」

我聽說過這件事。神器(sacred gear)移植基本上是可行的。取出愛西亞同學的神器(sacred gear)移植到自己身上的墮天使雷娜蕾就是一個例子。但是阿撒塞勒老師也說過。

──移植固然可行，但是失去其他能力的可能性也很高。

也就是說，假如一誠同學得到新的身體，將靈魂和神器(sacred gear)轉移到上面，還是很有可能引發後遺症或是導致能力消失。

「既然惡魔棋子(evil piece)還在運轉，靈魂和神器(sacred gear)也還留著，至少能做到這種程度的重生。反過來說，要是這些都消失了，那就真的無計可施。不過和神器(sacred gear)在一起是怎麼回事……？我知道了，有獅子王的戰斧(regulus nemea)那個案例嘛。說不定就像那個一樣，只有神器(sacred gear)本身存留下來，靈魂依附在裡面。如果靈魂在赤龍帝的手甲(boosted gear)裡面，即使待在次元夾縫當中也可以撐過一段時間。聽說這個世代的神滅具(longinus)紛紛達成史無前例的進化，想必他也蒙受恩惠吧──這既是沒有前例的狀況，也可以說是運氣非常好。」

聽見這個答案，我──大家都──

「嗚哇──────！一誠先生──────！」

愛西亞同學放聲大哭。並不是因為難過，而是喜極而泣。

朱乃學姊、小貓、蕾維兒也都流下斗大的眼淚。

在絕望的狀況之中，出現一絲光明——不，我們得到極大的希望。沒錯，既然還有可能活著，那麼他肯定沒死！因為兵藤一誠這個男人在任何情況下都引發一次又一次的奇蹟，是大家的「胸部龍」。

在場的所有人都比任何人還要清楚這一點。

社長雙手掩面，流下歡喜的淚水：

「……一誠，他還活著吧……沒錯，他怎麼可能會死！」

奧菲斯很有可能在他身邊。既然一誠同學還活著，奧菲斯和他在一起也算是理所當然吧。正如阿傑卡．別西卜陛下所說，在這種狀況下發生什麼事都不意外。既然德萊格也在他身邊，這已經是最不需要擔心的情況。

魔王陛下調查過棋子之後，交還給社長。

「總之這個應該由妳帶著，莉雅絲．吉蒙里。放心吧。妳的心上人可是能夠引發奇蹟的『胸部龍』。說不定他不久之後就會借用奧菲斯和赤龍帝德萊格的力量，以只有靈魂的狀態突然跑回來喔？——我也會動用我這邊的關係，請人調查次元夾縫。我記得法爾畢溫有個眷屬對這方面很熟悉。」

「……好的，非常感謝您，阿傑卡陛下。」

得到社長的回應之後，阿傑卡．別西卜陛下站了起來：

「好了，接下來我打算繼續待在這裡命令眷屬，指揮他們討伐那些巨大怪獸。我會想出對付牠們的辦法。但是最後打倒他們的，必須是你們這些當代惡魔和瑟傑克斯眷屬才行。這樣一來，冥界才能維持安定。」

阿傑卡．別西卜陛下伸出手——一個轉移魔法陣在我們前方展開。

「你們也該過去了。冥界現在最需要的，就是實力堅強的新生代惡魔彼此合作。放心吧，他會回來的。這點你們應該最清楚。他就是這樣的惡魔。」

沒錯，正如同阿傑卡．別西卜陛下所說。

既然還活著，他一定會回來。無論變成怎樣，只要還活著，他肯定會回到我們身邊。

在場的所有人都如此深信不疑。

一誠同學，我們都在等你。所以你一定要回來。

冥界——冥界的小朋友都在期待你回來！

Dimension Boundary.

……嗯啊、我睡著了……？

我——兵藤一誠醒來之後，發現自己躺在紅色的地面上。

我作了奇怪的夢。夢見木場在和齊格飛戰鬥，我在幫他加油。而且他好像陷入危機，所以我還借他阿斯卡隆……因為其他人也都沒什麼精神，我也順便鼓勵大家！

……不過這裡是哪裡……？

我環顧四周，只看見到處都是紅色的、凹凹凸凸的……岩地？荒地？

雖然搞不太懂，不過我好像身在紅色的地面上。抬頭看見的景色，是參雜各種色調、亂七八糟的天空。感覺像是在看萬花筒。

難道這裡是地獄？還記得我打算去救夏爾巴那個混帳擄走的奧菲斯，追著他們……

後來怎麼了？我應該想回家……解決夏爾巴那個混帳之後……奇怪？還是相反，我被他解決了？關於這部分的記憶好模糊——

『你醒啦。我原本還擔心會怎麼樣。』

我聽見搭檔的聲音。

『德萊格？對了，我失去意識——等等，不對？奇怪，我的身體好像不太對勁。』

我察覺到自己的變化……奇怪。我沒有觸覺！沒有碰到東西的感覺！身上明明穿著鎧甲，卻完全感覺不到鎧甲的觸感！這是怎麼回事！

我試著像平常一樣將面罩收進鎧甲……但是辦不到！那、那麼這麼做又會怎樣！

我解除手部的鎧甲。結果——

手……手不見了！我的手不見了？

解除鎧甲之後裡面的的手應該會露在外面，現在卻沒有！難、難道……我的全身上下都是這種狀態嗎……？

就在我完全無法理解自己發生什麼事時，德萊格對我說道：

『在你的肉體即將因為薩麥爾的詛咒消滅時，我抽出你的靈魂，固定在鎧甲上。現在的你可以說是只剩下靈魂的狀態。不過當時的情況相當危急，完全無法肯定會不會成功。』

…………咦？——我的身體，毀滅了？只剩下靈魂的狀態？然後固定在鎧甲上？

當這個想法閃過腦中，我立刻想到一件事。

『……怎麼會這樣！沒有身體我要怎麼跟莉雅絲做色色的事啊————！』

我抱頭慘叫！

怎麼會這樣！要是沒有身體，豈不是就連胸部也摸不了嗎！莉雅絲的胸部和朱乃學姊的胸部和愛西亞還在成長的胸部都一樣！沒辦法摸胸部是什麼酷刑啊——————！

話說我和莉雅絲的關係好不容易有所進展，這樣子我沒辦法和她做色色的事啊！

『……咦？這、這就是你的感想……？』

德萊格愣愣開口。我對我的好搭檔義正嚴詞說道！

『「咦」什麼啊！這可是攸關生死的問題！我和莉雅絲的關係好不容易進展順利，沒有身體要怎麼和她做色色的事！無法親手！直接！揉她的胸部！不如讓我死了算了——————！在只剩下鎧甲的狀態下要我怎麼和她親熱啊！難道要玩讓她進到鎧甲裡面的情趣遊戲嗎？又不是無頭騎士！』

不只是莉雅絲！朱乃學姊的胸部我也還沒摸夠！愛西亞和小貓的胸部更是接下來才是重點！現在的我只能在一旁看著，這個狀態簡直是糟糕到不行！

讓社長進到鎧甲裡，聽她說「啊啊，一誠裡面好冰涼好有感覺」什麼的……好像也不壞？不、不行！我還是想要感受真正的肌膚之親！

『這樣也沒辦法和潔諾薇亞做人吧！可惡！我也好想和伊莉娜做人——————！算了，反正再差也還有鎧甲玩法這招，該死——————！我用鎧甲來感受胸部總可以吧！』

『呃——那個……我說搭檔。』

德萊格的聲音聽起來很受不了！夠了——！失去身體對我的打擊已經夠大了！現在還有什麼事嗎！

『幹什麼，德萊格！我已經難過得要死！有什麼事等一下再說好嗎！可惡——！我好不容易打倒假魔王夏爾巴，想要回家……啊，這麼說來，奧菲斯呢？我是為了救她才留在那個領域吧。』

對了對了，還有奧菲斯。我的記憶恢復了。果然沒錯，我打倒夏爾巴。然後救了奧菲斯準備回家時，因為薩麥爾的毒讓我的身體到達極限，就此倒下。恢復意識之後就躺在紅色的地上，失去身體——

正當我為了尋找奧菲斯四處張望時——

「嘿嘿嘿。」

啊，找到了。她伸手拍打紅色地面。

『妳、妳在幹什麼？』

我走過去詢問奧菲斯，於是她回答：

「打倒，偉大之紅。」

咦……？她、她在說什麼——這時我才發現自己身在何處！

原本以為這只是凹凸不平的紅色岩地……但是！

我在紅色地面向前衝！由於不是非常廣大，不久便看見盡頭……位於盡頭的是巨大的突起！不，不應該這麼說！那是角？

我繼續向前走，看見——

巨大的頭部！如今的我身在某個曾經見過的生物上面……

沒錯，這片紅色地面是巨大的紅龍，也就是偉大之紅的背部！

嗚哇————————！我居然在偉大之紅身上！

『為……為什麼我會在偉大之紅身上……？』

德萊格嘆了口氣：

『你打倒夏爾巴・別西卜之後，在逐漸崩塌的擬似空間當中力竭倒下。不久之後，那個空間也完全崩潰。這時偉大之紅碰巧經過那裡。於是奧菲斯就帶著你，坐到偉大之紅的背上。這裡是次元夾縫。題外話，在那之後已經過了好幾天。』

然後就變成現在這個狀況吧。

剛好碰見偉大之紅……運氣也太好了。不過原來這裡就是次元夾縫啊。真是個詭異的地方……

等一下，過了好幾天了？糟糕……大家一定很擔心我吧。

『考慮到你邂逅人、事、物的運氣，不禁讓我覺得偉大之紅是自然而然被你吸引過來的……畢竟你遇見各種傳說級存在的機率，本來就高到異常。光是憑自己吸引其他人的能力就可以化解危機，依然是個難以預料的傢伙。』

別這麼說……我很介意這個能力。

話說回來，我想要的明明是和平又情色的生活，為什麼老是吸引這些奇怪的東西！這已經超越嚴重的程度，可以算是危險吧。事實上我也失去肉體了！

……去找個地方消災解厄一下好了。啊，接受消災解厄的話我也會受傷！這下子根本無藥可救嘛！

……算了，現在說這些也無濟於事。總之幸好有偉大之紅碰巧經過救了我。

奧菲斯也不再拍打偉大之紅，開始仰望有如萬花筒的天空。

『妳怎麼了，為什麼沒有回去原本的世界？』

我對著奧菲斯如此說道。就她算把我扔下自己回去也不奇怪。

「對我來說，這裡就是原本的世界。」

啊——對喔。次元夾縫是她的故鄉。

『……我說錯了。妳怎麼沒有回冥界或是人類世界？有什麼理由嗎？』

「我說過要和德萊格一起回去。所以留在這裡。要一起回去。」

真是個守規矩的龍神。她果然不是個壞蛋。而且很純真。

『……妳真是個怪人。不過果然不是壞蛋……唉……話說回來，我有辦法回去嗎？老師他們沒有召喚我們嗎？』

『有啊。但是只有在你體內的棋子回去了。這是一種特異現象。惡魔棋子(evil piece)真是充滿神祕的東西。』

德萊格如此表示！原來有召喚喔！而且只有棋子回去！

『真的假的！啊，真的。我感覺不到棋子的反應！』

這讓我很沮喪……這不是真的吧。只有靈魂好不容易得救，卻失去惡魔棋子(evil piece)和肉體……剩下的只有靈魂和神器(sacred gear)和德萊格？

現在應該是活下來就算運氣好的狀態吧。不，能夠在這種狀態活著真是厲害……我到底是怎麼了……難不成這也是乳神大人的庇護嗎？

『搭檔之所以那麼強，都是因為有那些棋子。』

沒錯，德萊格。三叉升變(triaina)和真「皇后(queen)」都是因為惡魔棋子(evil piece)才能成立。因為有那些棋子，我才能得到不同於歷代赤龍帝的力量。

『總之先告訴大家我沒事……雖然也不能算沒事……反、反正我還活著，至少得告訴大家這件事。不過我可以一直維持這個模樣不會有事嗎？』

現在是裡面空空的鎧甲狀態……這樣可以算是活著嗎？啊，應該算是活著吧。姑且還是有意識。

『現在有偉大之紅借給你力量，暫時沒問題。』

德萊格這麼回答。

那、那不就表示我必須一直和偉大之紅待在一起嗎！

『總而言之，我沒有辦法就這樣回去囉！啊——這下子傷腦筋……』

『差不多可以讓我把剛才的話說完了吧，搭檔。』

德萊格轉移話題。

『嗯？怎麼了嗎？』

『喔，只是想再次確認現在的狀況。』

『什麼現在的狀況……在這種狀態下，我只能一輩子和偉大之紅在次元夾縫旅行吧？永遠待在這個沒有女人的胸部、臀部、大腿的世界……簡直就是地獄。我的後宮王之路越來越遙遠了。』

『哈哈哈哈！還在這種狀態下也不放棄成為後宮王啊！不愧是我的好搭檔！』

德萊格笑得很豪邁。一點也不好笑！對我來說，這是非常嚴肅的事！

這可是我的夢想！真是的！現在失去肉體，想成為後宮王老實說是很困難！不，我已經在思考最後的手段，就是只憑著鎧甲在情色大道上勇往直前！

『這樣就對了。正是因為這樣，歷代持有者的殘留意念才會將一切託付給你。』

……什麼意思。這是怎麼回事？於是我讓意識潛入神器(sacred gear)深處。

……我看見那個白色的空間……椅子和桌子都在……但是沒有半個人。

前輩全都不在了！這是怎麼回事！

德萊格輕輕開口：

『……搭檔，因為薩麥爾的毒，你的靈魂當時瀕臨危機。肉體已經來不及了，所以只能放棄。而在肉體之後，靈魂也會遭到詛咒侵襲。依照當時的情況發展下去，你的靈魂也會因為薩麥爾的毒而消失。就連我也以為沒救了。那個時候我已經作好心理準備，要到下一個持有者身邊去了。』

……等一下，那麼我的靈魂是怎麼得救的？

『是他們的殘留意念保護你的靈魂，避免受到薩麥爾的詛咒侵襲。在他們代替你承受詛咒的期間，我將你的靈魂從肉體當中抽出，固定在鎧甲上。時機抓得非常剛好。只要判斷再慢一點，我和你現在就不會在這裡。』

…………

這是怎樣……那麼，我……是因為有前輩的相助，才能待在這裡的嗎……！

我還沒有和前輩們好好聊天啊！他們好不容易才從赤龍帝的詛咒當中解脫，表情也變得生氣勃勃！在那個擬似空間當中也給我建議！我還以為未來可以和他們好好相處！

居然……居然因為這樣分開，怎麼可以！

『……我了解你的心情。所以聽聽他們的遺言吧。基本上，他們留了聲音下來──這就是他們最後的訊息。』

好，我一定要聽！聽聽看他們留了什麼話給我！

……等等，總覺得之前也有過類似的場景……

腦中閃過不祥的預感，不過手甲的寶玉已經投射出影像。影像記錄諸位前輩的臉孔。

他們以十分開朗的燦爛笑容對我說：

『戳刺戳刺，陷陷陷呀啊──！』

──我無言以對。和我想像的一樣！果然是這樣！歷代赤龍帝到底有多喜歡那首歌！

而且白龍皇前輩也在影像的角落笑著開口：

『臀部也很不錯喔，現任赤龍帝。』

這種事去跟瓦利那個傢伙說啦──！

啊！影像消失了！真的假的！只有這樣？夠了──你們歷代赤龍帝臨走之前就不能留下什麼更能讓後輩感恩的話嗎──！

我抱著頭，只能說『感謝各位前輩！總之我會好好加油！』而已！不，我是真的很感謝他們，他們確實是我的救命恩人！

但是他們告別的方式為什麼會這麼糟糕！就不能更讓人感動一點嗎！

正當我在嘆氣之時，德萊格說聲：

『你往右邊看。』

聽到德萊格的話，我看向右方——前方有個隆起的肉塊……感覺好像是偉大之紅的身體被蚊子叮了之類的？

啊，肉塊在鼓動！裡面有什麼東西嗎？

『那是什麼？』

『那是繭。不，也可以說是培養槽吧。』

『繭？培養？裡面是什麼啊？』

『喔，是你的肉體。你一度毀滅的肉體正在裡面取得新的組織。借用偉大之紅的部分身體和奧菲斯的龍神之力，你的身體即將重獲新生。』

——

……他說什麼……？

面對驚訝得說不出話來的我，德萊格『咯咯咯。』愉快地笑了幾聲：

『真龍和龍神正在重生你的肉體——搭檔，該準備反擊了。』

Satan.

冥府——

位於冥界下層，區分死者靈魂的地方。

我——阿撒塞勒來到這裡。

冥府是奧林帕斯——希臘勢力的神，黑帝斯統治的世界。

這裡沒有冥界那麼遼闊，遍地荒蕪，是生物無法棲息的死亡世界。

冥府深處有座古希臘式神殿。那是住在冥府這裡的死神(grim reaper)們的居所，也是黑帝斯的根據地「黑帝斯神殿」。

我和其他幾名成員一起踏進這裡。

我們一進來，死神們立刻圍了過來，以充滿敵意的眼神看著我們。

這次造訪沒有事先聯絡。站在對方的立場，幾乎可以說是襲擊。

我們過來的理由很簡單。一是為了向黑帝斯那個傢伙提出抗議，二是不讓那個骷髏老頭對目前處於危機的冥界為所欲為。

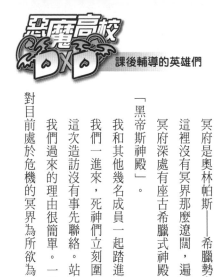

那個臭老頭那麼執著於找惡魔和墮天使的麻煩，想必會趁「魔獸創造annihilation maker」的巨大魔獸大鬧冥界時，在絕佳的時機搗亂吧。

所以這次突然造訪，也帶有牽制的含意。

我們來到一處看似祭祀場的地方。寬廣的室內空間以黃金等材料加以裝飾，金碧輝煌的豪華作工和冥府完全不搭。

格外巨大的祭壇和奧林帕斯三大神——宙斯、波賽頓、黑帝斯——的壁面雕刻特別華麗，相當引人注目。

從祭祀場的深處，走出一個身穿司祭禮服配上法冠，身邊帶著幾個死神的臭骷髏——黑帝斯。那個傢伙身上還是一樣散發討厭的氣焰。

身邊的死神看起來也都是相當高強的高手。從他們身上的氣的性質來看，大概都有上級到最上級的程度吧……之前那個最上級死神普路托不在這裡，讓我有點在意……

一看見黑帝斯，站在我身旁的男子便向前踏出一步：

「好久不見了。我是冥界的魔王路西法——瑟傑克斯。冥府之神，黑帝斯大人。對於這次突然造訪，我深感抱歉。」

沒錯，和我一起過來的成員之一，就是瑟傑克斯。

從那個擬似空間回來之後，我把所有事情毫無保留地告訴他，包括奧菲斯的狀況，還有發生在一誠身上的事。儘管沒有資格請求原諒，我還是對瑟傑克斯說聲「對不起」。

他在聽我報告時始終面不改色，只是默默聆聽。而且完全沒有責怪我……害莉雅絲和一誠遇到那麼大的麻煩，我原本早已有所覺悟，準備好挨揍了。因為我所犯下的過錯就是這麼嚴重——

先是針對如何因應進擊的巨大魔獸群以及在各地作亂的舊魔王派，以保護民眾為優先，對部下做出指示之後，瑟傑克斯對我說聲：

「我打算去冥府。希望阿撒塞勒也可以一起來。」——他這麼邀請我。

瑟傑克斯也知道，黑帝斯很有可能趁亂做些什麼。

然而面對黑帝斯這種說了也不會聽的對象，又該如何對付？

答案就是魔王親自造訪。

然後剛才我也接到有關一誠的最新消息，同時也轉告瑟傑克斯。瑟傑克斯似乎也放心許多。看來他也非常擔心。

無論如何，既然有奧菲斯陪著他，德萊格也平安無事，應該會想辦法自己回來吧。因為那個傢伙是無敵的胸部龍。

原則上惡魔方面也開始調查次元夾縫，他要回來只是時間早晚的問題。之後我再幫那個傢伙做個新的身體就沒問題了。不過……靈魂也就算了，神器(sacred gear)有沒有辦法順利固定在新的身體還是個問題……真希望能夠以最輕微的損失讓他變回原樣。

黑帝斯沒有眼球的眼窩發出令人毛骨悚然的光芒發笑：

〈沒想到你會直接過來這裡……嘩嘩嘩，這下子被你們攻其不備了。〉

嘴巴雖然這麼說，他看起來還是一副老神在在的模樣。這個傢伙的實力貨真價實。他八成是覺得就算真的和我還有瑟傑克斯開打也能贏吧。

米迦勒原本也說要過來一趟，但是天使長跑來地獄底層，看在眾人眼中總是不太好，所以我阻止他。

黑帝斯的視線看往我們身後：

〈那個冒牌天使呢？我感覺他的身上散發非同小可的波動。〉

我們身後是一名身穿神父服，金髮綠瞳的青年。

——他的背上還有多達五對的純白羽翼。

青年輕輕點頭示意：

「您好您好，我是『神聖使者(brave saint)』的鬼牌，杜利歐．傑蘇阿爾多。今天是擔任路西法大人和阿撒塞勒大人的護衛。不過我想大概沒什麼必要，只是奉米迦勒大人之命『姑且』過來一趟。就是工作，天使的工作。」

態度相當隨便……傳聞倒是沒錯，怪人鬼牌，杜利歐。

「煌天雷獄[zenith tempest]」的持有者，支配天空的「神聖使者[brave saint]」——

〈……傳說中的天界王牌啊。聽說寄宿身上的神滅具[longinus]能夠任意操控、支配世界的天候……嘩嘩嘩，米迦勒那個小子，居然打出鬼牌了。〉

因為必須這麼做才能對付你啊。

原則上，我帶來的神滅具[longinus]持有者「黑刃狗神[canis lykon]」的刃狗[slash dog]也在外面待命，避免發生什麼事。

〈嘩嘩嘩，蝙蝠和烏鴉的首領，加上兩個神滅具[longinus]……這樣欺負我這個老人會不會有點太過分啦？〉

還真敢說，憑你的實力，準備這麼多戰力搞不好也會被擊退。這樣啊……他連人在外面的刃狗[slash dog]也掌握住了。不愧是冥府之神。

〈要和你們喝茶聊天也不是不行……不過還是姑且問問吧。你們過來有什麼事？〉

……明知故問。他到底想要惹怒我們到什麼地步才甘心……！

瑟傑克斯維持自然的態度回答：

「不久之前，位於冥界惡魔方面的格喇希亞拉波斯領發生一起重大事件。在舉辦中級惡魔考試的考試中心附近的某間飯店，舍妹與她的眷屬，以及人在這裡的阿撒塞勒總督受到『禍之團[Khaos Brigade]』的襲擊。」

〈喔，那件事啊。我也接到報告了。〉

「我聽總督他們的說法，同時也遭到死神襲擊。」

〈那是因為我聽聞你的妹妹和阿撒塞勒大人串通，和那個無限龍神——奧菲斯進行密談，所以才拜託他們前去調查。好不容易各個勢力都開始準備展開合作體制，在這種狀況下出現那種危險至極的背叛行為，會打亂所有勢力的步調。而那樣的背叛行為還是最為大力提倡和平的阿撒塞勒總督本身所為，那豈不是更加嚴重嗎？我很想知道敬愛的總督在打什麼主意，才會委託部下調查。同時也命令他們，要是真的有什麼背叛行為，可以進行最低限度的警告，只是如此罷了。〉

黑帝斯如此說明，話中還不時加入非常刻意的敬稱。

……他的說法真是讓我氣到五內俱焚。老實說，我恨不得現在就拿出光之長槍抵在這個傢伙的喉嚨上……

不過那個混帳，居然把普路托半開玩笑的推託之詞照本宣科！那算是哪門子的最低限度的警告！投入那麼多死神，甚至連傳說中的死神普路托都來了……！

黑帝斯摸摸沒有肉的下巴，繼續說下去：

〈不過那好像是我太過急躁了。要是對你們造成什麼損害，我願意賠不是。如果你們希望我贖罪，有什麼要求都可以儘管說。除了我的性命以外，任何要求我大致上都可以幫你們實現。〉

……那種高姿態的話語和態度，或許是故意的吧。對現在的我而言真是效果奇佳。對於當時身在襲擊現場的我而言，這樣的言行讓我無法壓抑自己的怒氣。

但是我沒有和這個骷髏老頭起衝突。

……因為身邊有個散發沉重壓力的傢伙……真沒想到你冷靜的表情可以如此嚇人，瑟傑克斯。平常你的氣焰從來不會出現任何紊亂，現在就連我也看得出你體內的魔力正在翻騰不止喔？

聽到黑帝斯的報告，瑟傑克斯點了一下頭：

「這樣啊。太過急躁……原來如此。還有一件事，因為有個不太好的傳聞傳進我的耳中，這次來有一部分是為了確認那件事。」

你打算進入正題了啊，瑟傑克斯。

瑟傑克斯開始興師問罪。

「黑帝斯大人，我接獲的報告指出你和『禍之團（Khaos Brigade）』暗中有往來。英雄派、舊魔王派都曾經接受你的協助──報告是這麼說的。聽說他們用了那個薩麥爾喔。如果這件事是真的，就是重大的背叛行為。儘管立場不同，但是不能將那個東西放出來，應該是各勢力的共識。我個人沒有懷疑您的清白的意思，不過能不能讓我們看一下薩麥爾的封印狀況，姑且做個確認呢？」

黑帝斯那個傢伙有沒有用過薩麥爾，只要調查一下封印術式的舊化狀況立刻就知道。如果沒用過，就是古老過去施加的封印術式。如果用過，封印術式就是最近施加的。

只要確認這件事，就可以得到彈劾他的理由。

聽到瑟傑克斯的問題，黑帝斯做出有如嘆氣的動作開口：

〈無聊透頂。我很忙的，沒空理會你們的懷疑。〉

黑帝斯只留下這句話，準備離開這裡！

喂喂喂！這個傢伙是怎麼了，情況對自己不利就打算當作沒這回事嗎！我正準備追上去，但是瑟傑克斯伸手制止我：

「我知道了。那麼我也不再追問這件事。不過有人懷疑黑帝斯大人也是事實。不如這樣吧？在冥界的魔獸騷動平息之前，希望黑帝斯大人可以和我們一起待在這個祭祀場。」

瑟傑克斯的提議是把黑帝斯留在這裡。也就是為了避免黑帝斯趁冥界陷入危機時從旁攪局，讓魔王親自在這裡監視祂，直到事件平息為止。

這算是最後的手段。不過真要說來，我們事前就已經預料到情況大概會變成這樣。

我原本的打算是在殲滅巨大魔物之前，將整座神殿連同黑帝斯一起用結界籠罩。但是因為瑟傑克斯的強烈要求，還是想要一個可以對話的場合。

黑帝斯停下腳步，原地轉頭：

〈這番話倒是挺有意思的，小夥子。這個嘛……不如這樣好了——如果你讓我見識一下真正的模樣，我倒是可以考慮看看。〉

——

黑帝斯的條件讓我瞬間無言……來這招啊，那個混帳。

黑帝斯的眼窩發亮，繼續說下去：

〈我聽說過關於你的傳聞。那個名叫瑟傑克斯的惡魔為何能夠冠上「路西法」之名。是因為你超越「惡魔」這個存在。〉

…………

瞬間靜默。瑟傑克斯點點頭，打破這個寂靜：

「——好吧。如果這樣就可以把您留在這裡，這點小事不算什麼。不過最好是請您身邊的人離開——他們肯定會被消滅。」

〈喔喔，這個有意思。在我身邊的這些都是上級死神，其中還有最上級死神。話雖如此，我還是認為你所言不假。〉

瑟傑克斯那番話，讓守在黑帝斯身邊的死神散發的敵意更加濃厚。

瑟傑克斯脫掉外衣，以眼神示意我和杜利歐退後。

……你是認真的啊，瑟傑克斯。

在我和杜利歐的守護之下——瑟傑克斯開始提升自己的魔力。他的身上散發毀滅魔力，將身體染成一片鮮紅。

瞬間——整座神殿開始震動……神殿受到瑟傑克斯的魔力影響，劇烈搖晃。這座神殿的結構應該相當堅固，卻像這樣開始發出慘叫。祭祀場到處冒出裂痕，牆壁、地板、天花板上都是。

不，照這種震動的感覺來看，不只是整座神殿——而是這一帶，整個區域都因為瑟傑克斯的魔力而震動……？

瑟傑克斯的身體開始流出毀滅魔力，消滅周圍的事物，連一粒塵土都不剩。

當鮮紅色的氣焰完全包覆瑟傑克斯的身體時，龐大的魔力瞬間籠罩整個室內！

…………神殿不再震動，祭祀場陷入一片寂靜。出現在室內中央的——是呈現人形的毀滅氣焰。毀滅的化身盯著黑帝斯開口：

「變成這個狀態之後，我的意志將無法控制毀滅魔力向周圍擴散。必須準備特定的結界或是領域，否則會將一切化為虛無——幸好這座神殿夠堅固。看起來還撐得住。」

毀滅的化身語氣和瑟傑克斯一模一樣。

這就是瑟傑克斯的真面目……

可以說是將質量大到誇張的毀滅魔力壓縮成人形吧……？就算是這樣，我的皮膚也感覺到這股氣焰的性質……！即使是以我現階段感覺得到的魔力質量來說……也有前魔王路西法的十倍！

之前去吉蒙里家叨擾時，瑟傑克斯的父親——吉蒙里的現任宗主曾經對我說過。

「阿撒塞勒總督。我的兒子——其實是某種不知道該不該分類為惡魔的異常存在。我有時候會這麼想。」

當時的我問他「這是什麼意思？」現任宗主瞇起眼睛接著開口：

「兒子是惡魔的突變體，這點大概無庸置疑。但是為什麼他會變成這樣？是因為我的血統當中有什麼特質，還是巴力家的血統當中含有什麼特別的東西，就連這個我也不知道——只是瑟傑克斯和阿傑卡在現今的惡魔世界是唯二的超越者，這點是可以肯定的。或許他們兩個生來就注定成為魔王吧。畢竟除了魔王以外，沒有哪個位子容得下他們兩個。瑟傑克斯就是強到這種程度。」

……我終於明白您那番話是什麼意思了，吉蒙里大人。難怪在對抗前魔王政府之戰當中，瑟傑克斯即使面對前魔王的血脈，也能夠以王牌之姿奮戰。

……他具備規模如此離譜的魔力，有這樣的戰力，情勢自然會有所變化。而且還是他和阿傑卡，有兩個力量超群的惡魔。當時由反魔王派獲勝，或許是理所當然的事吧。

……不過還有另外一個足以稱為超越者的惡魔……但是那傢伙已經消聲匿跡很久了。要是那個傢伙出現，大概也很難對付吧。

「……哈哈哈，這樣應該不需要護衛吧。」

鬼牌杜利歐在後方苦笑。是啊，見識到這個東西之後，難免會有那種感想。

『這樣您滿意了嗎，黑帝斯大人？』

聽到瑟傑克斯這番話，黑帝斯只是不以為意地笑道：

〈嘩嘩嘩，你這個怪物。原來如此，你遠遠超越前路西法，甚至超出魔王這個範疇。不，我感覺到的力量強大到讓人懷疑你究竟是不是惡魔──你到底是什麼？〉

「我自己也想知道。可以確定我是個突變種──無論如何，現在的我有能力消滅你。」

〈嘩嘩嘩，聽起來真不像是開玩笑。在這裡和你發生衝突，冥府肯定會消失吧。〉

是啊，如果是現在的瑟傑克斯說出那種話，我也不覺得是開玩笑。真是令人開心的失算。原本最壞的打算，是由我們竭盡全力拖住黑帝斯，但是以現在的瑟傑克斯的力量，要對付祂綽綽有餘。

真是的，一誠、莉雅絲，你們家的大哥也強得太離譜了。

正當黑帝斯盯著瑟傑克斯時，一名死神從暗處現身，來到祂的身邊。死神對黑帝斯耳語，不知道報告什麼。

聽聞報告之後，黑帝斯朝著設置在祭壇的聖火台伸手。

於是火焰一晃，映照出一個影像。影像當中有一群人面對死神大軍，正在大鬧特鬧。

『看招看招看招！看你們能在我的棒下撐多久，這些死神！』

其中一個人影是揮舞如意棒的美猴。

在他的身旁，一個巨大的魔像——戈革瑪各揮動粗壯的手臂，一口氣打飛許多死神。接著它的部分手臂開始變形，從中冒出機槍。大概是製造者安裝來對付魔獸吧。機槍隨即射出許多子彈。

影像中也看得見黑歌和勒菲的魔法攻擊。還有亞瑟揮舞聖王劍屠殺數以百計的死神。發揮神速靈活移動，撕裂大量死神的是芬里爾。

——是瓦利隊。

他們出現在冥府，與那些死神開戰。

是啊，我多多少少料到會有這回事。他們不可能就那樣忍氣吞聲。如果要還以顏色，對象只有曹操等人、舊魔王派，以及黑帝斯。

你們出手的時機真是剛好。明明沒有事先聯絡或討論，你們這些混帳還是幹得好。而且他們的芬里爾還具備能夠弒神的獠牙，這對於黑帝斯陣營也是一大問題吧。

乍看之下，瓦利似乎不見人影……不過那個傢伙肯定有什麼企圖。

〈……這是你幹的好事吧，烏鴉的首領。〉

黑帝斯以極為不高興的聲音詢問我。

很好很好，就是這樣就是這樣。我想看的就是祢這副德性。我忍不住露出充滿嘲諷的笑容對祂說聲：

「這個嘛，不知道。」

〈…………！〉

黑帝斯身上的氣焰帶著激動。

哎呀呀，祂好像相當生氣。要是太小看處於最佳狀態的瓦利隊，小心嘗到苦頭喔，骷髏神。那些傢伙各個都是怪物，還把之前各勢力派去追擊的部隊全都擊退了。

「我看祢必須出動所有死神才能解決白龍皇的人馬喔。而且祢也得待在這裡親自坐鎮指揮才行。」

這下子黑帝斯肯定無法在冥界的危機當中從旁作亂。瓦利隊在冥府搗亂，就連瑟傑克斯也拿出真本事，祂根本沒空去找冥界的麻煩。

瑟傑克斯也同意我的意見。

「是啊，所以您也只能待在這裡了。」

在充滿魄力與緊張氣氛的空間當中，瑟傑克斯豎起一根手指。

「還有一件事。這完全是私事。不過還是請您讓我說完。」

毀滅的化身以充滿憎惡的銳利眼神盯著冥府之神。雖然他的視線不是朝向我，然而光是待在這裡，我就感受到足以讓全身凍結的敵意——

「冥府之神黑帝斯啊。你對舍妹莉雅絲以及我的妹婿兵藤一誠散發的惡意，罪該萬死。要是我們必須在這裡交戰，請祢有所覺悟——我將不會有任何猶豫和保留，勢必讓祢從這個世界上消失殆盡。」

如果說黑帝斯犯了一個錯——就是激怒這個男人。

不，祂犯了兩個錯。我也在手上製造光之長槍。

「骷髏神，別忘了我也很生氣。雖然說這是個人的怨恨，不過姑且讓我抗議一下——你竟然弄哭我的學生……！」

正面承受我和瑟傑克斯全面解放的敵意，黑帝斯的氣息還是沒有變化。

算了，這樣一來黑帝斯這邊的事就結束了。

新生代惡魔們，剩下的事就交給你們囉？

還有——

一誠，你也差不多該回來了。不然所有的表現機會都會被搶走喔？

Life.-1 新生代惡魔聯盟成立！

從阿傑卡．別西卜陛下的藏身之處回到吉蒙里城之後，我們轉換心情，準備前往首都。

不久之後，我們在之前那個大房間和潔諾薇亞以及伊莉娜同學再次會合。

「不好意思，我們回來晚了。」

兩人穿著平常的戰鬥服。潔諾薇亞帶著一把用布包起來的長形兵器，布上寫滿魔術文字還有天界的文字——裡面應該是修復完成的王之杜蘭朵吧。

伊莉娜同學的腰間也配戴一把新的劍……我從那把劍上感覺到異樣的強力氣焰。我想那大概就是阿撒塞勒老師所說的，在天界進行的實驗成果吧。

潔諾薇亞詢問社長：

「社長，一誠狀況如何？大致上我聽家裡的人說過了。魔王別西卜怎麼說？」

「這個嘛，事情似乎沒有演變成最糟的狀況——奧菲斯和德萊格好像也在他的身邊，如果可以設法和他們聯絡就好了……」

「嗯，不過以那個傢伙的作風，只要還活著就一定會回來吧。現在他應該很想念社長和朱乃副社長的胸部。」

看來潔諾薇亞也對一誠同學會回來這件事深信不疑。不過，想念胸部啊……嗯，這麼說來很有可能。

「所以我們接下來該怎麼做？」

這次是伊莉娜同學發問。

社長打開大房間裡的大型電視。螢幕出現的影像是在冥界各地到處作亂的魔獸。

已經過了這麼久，就算有魔獸抵達重要據點也不奇怪。然而眼前卻是英勇抵擋「豪獸鬼(bandersnatch)」的惡魔以及同盟勢力的戰士。

『各位請看！以阿傑卡．別西卜魔王陛下為首的別西卜眷屬所建構的對抗術式！藉由此術式展開的魔法陣攻擊，對「豪獸鬼(bandersnatch)」產生效果了！』

搭乘直升機在上空進行轉播的記者，開心報導現場狀況。

同盟勢力的戰士發動攻擊，對一隻「豪獸鬼(bandersnatch)」造成嚴重的傷害。

阿傑卡．別西卜陛下建立了對抗魔獸的方式之後，已經過了幾個小時，我方的形勢開始逆轉。

神器(sacred gear)創造出來的兇惡魔獸，全都是防禦力堅強的反制怪獸。阿傑卡．別西卜陛下和別西卜眷屬建構出能夠對抗牠們的獨門魔法陣，並將術式程式告訴在前線戰鬥的惡魔、墮天使、

「神聖使者（brave saint）」，以及其他勢力聯軍。

「……阿傑卡陛下在魔獸出現之後，立刻和法爾畢溫・阿斯莫德陛下聯絡，開始術式的建構程序，在我們前往人類世界時，完成整個術式程式。」

社長看著畫面開口。

情報指出，攻擊各「豪獸鬼（bandersnatch）」的戰術都是由法爾畢溫・阿斯莫德陛下建構的。

在兩位智慧派魔王陛下共同合作之下，前線的戰士們成功擋住各地的「豪獸鬼（bandersnatch）」，並且對牠們造成傷害。

『大怪獸對小利維！』

轉台之後，畫面上出現賽拉芙露・利維坦陛下。沒錯，聽說利維坦陛下面對冥界的危機顯得坐立難安，忍不住衝出魔王領，和其中一隻「豪獸鬼（bandersnatch）」展開戰鬥。

其他利維坦眷屬也一起對那隻「豪獸鬼（bandersnatch）」發動單方面攻擊。

極大等級的冰之魔力占據整個畫面。那是賽拉芙露・利維坦陛下最擅長的魔力——將廣大的荒地全部化為冰凍的世界。

「豪獸鬼（bandersnatch）」當然不可能沒事，整個身體有一半以上凍結，無法動彈……魔力的規模比我們強大太多。居然能夠使出足以影響整片土地的魔力攻擊……這就是魔王利維坦的力量——

轉到其他頻道，正好看到坦尼大人和他的龍族眷屬們將一隻「豪獸鬼（bandersnatch）」追到困境。得到對抗牠們的方法之後，能夠抵擋號稱魔王級火焰吐息的對手應該不多吧。

『母親大人！請加油——！』

又轉到別的頻道，看到一隻九尾狐對「豪獸鬼(bandersnatch)」噴出強大的火焰——那是京都的八坂大人！坐在背上的嬌小巫女應該是九重吧。她們帶著大批妖怪大顯身手。

看來京都的妖怪也以幫手的身分，前來拯救惡魔世界的危機。一誠同學知道了一定會很高興吧。

另外也有情報指出，由於對抗巨大魔獸的戰況轉為優勢，舊魔王派趁隙在各地作亂的狀況也逐漸受到壓制。

『啊——！終於！終於有一隻巨大魔獸「豪獸鬼(bandersnatch)」停止活動了！』

電視當中傳出記者的驚呼聲。

第一個解決「豪獸鬼(bandersnatch)」的——是皇帝(emperor)彼列率領的同盟軍！畫面上的人形「豪獸鬼(bandersnatch)」趴倒在地。巨大身軀已經被破壞殆盡，完全看不見可能再次行動的跡象。透過電視，我們也聽見戰士們勝利的吼叫。

以目前的優勢看來，不出半天就可以解決所有的「豪獸鬼(bandersnatch)」吧。

問題是——

「剩下的問題就是朝魔王領首都移動的『超獸鬼(jabberwock)』吧。」

——一個熟悉的聲音從後方傳來。

我轉過頭去，看見女武神——羅絲薇瑟！

「羅絲薇瑟！」

「我回來了，莉雅絲。」

她從北歐千里迢迢趕回來！羅絲薇瑟小姐一臉認真地說道：

「一誠的狀況我剛才都聽說了。不過他那麼渴求莉雅絲和朱乃的胸部，我想差不多該回來了吧。」

……羅絲薇瑟小姐也說出和潔諾薇亞一樣的話，一誠同學！吉蒙里眷屬女生對於你在這方面的評價大概都一樣吧。不，我當然也抱持相同意見。

無論如何，接下來只要一誠同學和加斯帕回來，吉蒙里眷屬就算完全復活。原本一度以為這是無法實現的夢想，但是現在不同了。

大家一定可以再次集結！吉蒙里眷屬才沒那麼容易四分五裂！之前我們不是克服那麼多激戰嗎！現在的我可以肯定，這點未來也不會有任何改變。

眷屬——神秘學研究社的成員一一返回，讓大家逐漸找回自信，心情也變得輕鬆許多。

「各位！大事不好了！」

如此大喊、慌忙跑進大房間的是蕾維兒。她剛才說要幫大家端茶，這是怎麼了……

她一臉凝重地對大家說道：

「……正在首都參與行動的西迪眷屬，在保護居民避難的途中……和『禍之團（Khaos Brigade）』的成員展開戰鬥！」

那件事成為呼喚吉蒙里眷屬出陣的狼煙。

○●○

位於魔王領的冥界（惡魔方面）首都——莉莉絲。

面積和日本的首都東京的規模差不多。文化、文明兩方面的水平也和東京相去不遠，高樓林立，交通設施也很發達。

雖然和人類世界的已開發國家首都稍有不同，依然是個大都會。

現在首都面臨危機。因為那個超規格的魔獸「超獸鬼（jabberwock）」正在接近。如果讓牠抵達，首都將遭受毀滅性的重創，失去身為首都的功能吧。

一旦首都失去功能，冥界各地自然也會受到影響。

現在路西法眷屬——瑟傑克斯陛下的眷屬正以葛瑞菲雅大人為首，對付「超獸鬼（jabberwock）」。他們是惡魔當中號稱最強的眷屬。目前的戰況算是平分秋色，儘管無法造成決定性的打擊，至少成功阻止魔獸前進……從新聞當中看來，他們的攻擊比賽拉芙露陛下還要盛大，以足以改變地形的氣勢讓「超獸鬼（jabberwock）」停在原地。

……我透過電視，第一次見識到葛瑞菲雅大人發出的魔力波動，規模真是超乎想像，破壞力更是強大到足以讓地表直接消失。

那副模樣正是最強的「皇后（queen）」，也是魔王瑟傑克斯．路西法的妻子……難怪社長會對她的大嫂抱持敬畏之意。

但是就連這麼厲害的葛瑞菲雅大人率領的路西法眷屬，也無法打倒「超獸鬼（jabberwock）」……到底要灌注多少怨恨，才能創造出那種怪物……

不過我聽說在路西法眷屬絆住牠的這段時間，居民們幾乎都已經疏散完成。西迪眷屬和其他新生代惡魔奉命前來確認還有沒有人留在這裡。塞拉歐格．巴力則是負責對付在首都作亂的舊魔王派。

我們吉蒙里眷屬和伊莉娜同學從吉蒙里城地下的大型轉移魔法陣出發，一直進行跳躍，剛來到首都的西北方。

蕾維兒留在吉蒙里城裡。前幾天在擬似空間發生戰鬥時，雖然把她牽連進來，但是她原本是來做客，不能讓她介入戰鬥。

我們和蕾維兒都很清楚這一點。儘管她對於自己無法派上用場打從心底感到遺憾，還是乖乖接受我們的要求。

我們透過轉移魔法陣跳躍前來的地方，是這個區域最高的大樓樓頂。正當我們準備前往西迪眷屬的所在地時。

有個人叫住我們。

「各、各位！太、太好了！」

是加斯帕！

「墮天使的人告訴我，只要待在這裡各位就會過來，可是各位一直沒有現身，我感覺好寂寞喔～～！」

加斯帕的眼中帶淚。他終於也和我們會合了。這樣一來就只剩下一誠同學。等他趕到之後，吉蒙里眷屬就全部到齊！

「加斯帕，我很期待你的訓練成果喔！」

社長對著加斯帕如此說道——但是加斯帕低下頭，臉色看起來也很差。

「……是、是的，我會努力不負社長的期待……咦？一誠學長呢？」

加斯帕東張西望，開始尋找不在這裡的一誠同學。他……還不知道嗎？

「一誠同學他——」

正當我打算為他詳細說明時。

「……那個！」

小貓指著某個方向。

看往那個方向——可以看見遠方有隻巨大黑龍卷起黑色火焰不停扭動——是匙同學！

所有人見狀，立刻展開翅膀飛上天空。

我們來到化身龍王的匙所在之處——到處都是高樓大廈的區域，在寬廣的路上降落。這裡已經受到戰火侵襲，連建築物、道路，以及公共設施都受到嚴重破壞……畢竟我們飛在空中時，就已經看見這個區域化為一片火海。

感覺不到其他人，應該是不幸中的大幸吧。馬路上沒有車，人行道上也沒有人。看來這個區域的疏散工作已經大致完成。

「吉蒙里眷屬！」

聽見熟悉的聲音呼叫我們，我轉頭看向聲音傳來的方向——只見西迪眷屬的女生們圍成一圈，保護一輛沒有輪胎的巴士。

——巴士裡面坐著許多小朋友。

「狀況如何？」

社長詢問西迪眷屬的「騎士（knight）」巡同學。

「我們在引導這輛巴士時，正好碰上英雄派……對方一知道我們是西迪眷屬就突然發動攻擊。因為巴士也稍微受到攻擊而故障，所以只好在這裡應戰……會長、副會長，還有阿元他們……！」

巡同學帶著淚水開口……匙同學怎麼了嗎！

「你們看那邊！」

羅絲薇瑟小姐指向右邊。可以看見整排店面前方的人行道上，英雄派的巨漢海克力士抓住匙同學的脖子！

匙同學渾身是血，意識似乎也模糊不清。在他們兩個附近，蒼那會長躺在馬路上，真羅副會長則是和英雄派的貞德交戰。

海克力士無趣地將匙同學隨手一扔，然後一腳踩在倒臥在地的蒼那會長背上。

「嗚！」

蒼那會長發出慘叫！居然踐踏倒地的女性……我無法原諒這種做法！

海克力士不屑地出聲嘲笑：

「什麼嘛，聽說你們在排名遊戲贏過阿加雷斯大公家，害我期待了一下，原來只有這種程度啊。」

「開什麼玩笑！明明是你一直執意攻擊載有小朋友的巴士！為了保護巴士，會長和匙都沒辦法發揮實力！這麼做的人不就是你們嗎！」

真羅副會長流著淚水激動大喊。她的表情充滿不平及憤怒。真羅學姊平常比會長還要冷靜，現在卻流露如此強烈的情緒……看來她真的非常不甘心。

而一切的理由……都是因為海克力士攻擊載運小朋友的那輛巴士……？他用那麼卑鄙的手段來攻擊會長和匙同學嗎……！

他的行為實在過於卑劣，讓我的內心幾乎就要爆發……如果是一誠同學的話，聽到這種事，肯定會二話不說衝去揍海克力士吧。

……敵人只有海克力士和貞德。沒看見曹操和格奧爾克。他們分開行動嗎？

手拿聖劍指著真羅副會長的貞德嘆了口氣：

「我有勸海克力士別那麼做喔？不過也沒有用行動阻止他就是了！」

貞德在身邊製造許多聖劍的利刃，破壞副會長的立足點！

副會長失去平衡時，貞德的劍也發動攻擊！

我立刻衝了出去！

瞬間拉近距離的我拔出格拉墨，擋住貞德銳利的攻擊。

「妳也該適可而止了。」

我以低沉的嗓音開口。

貞德看見我手上的兵器，大吃一驚：

「……格拉墨！難不成齊格飛他！」

「沒錯，他被我們打倒了。格拉墨似乎選擇我當它的新主人。」

除了格拉墨以外——齊格飛原本持有的魔劍也全都在我腰間的劍鞘裡。

打倒他之後，這些魔劍也都承認我是主人。沒想到我竟然會以這樣的方式，成為這麼多魔劍的主人。成為吉蒙里眷屬之後，還真是一天到晚發生出乎意料的事。

「哼！輸給你們這種貨色，就表示那個傢伙也不過爾爾。」

海克力士只是嘲笑他……看來他們沒有什麼同伴意識。

「……英雄派的正規成員接連傳出噩耗啊。再繼續跟吉蒙里眷屬有所牽連，搞不好會全滅呢。」

後方傳來別人的聲音——馭霧者格奧爾克隨著霧氣現身。不過……接連傳出噩耗？難道那個「魔獸創造(annihilation maker)」的少年持有者也無法重回戰線嗎？畢竟他在那個擬似空間裡，被夏爾巴·別西卜施加相當勉強的術法。

格奧爾克接著說道：

「不好意思，海克力士、貞德。弗栗多的黑色火焰比我原本預料的還要強烈，在異次元空間當中解咒，花了不少時間。好久沒有製造解咒專用的結界空間了——傳說果然沒錯，該死的弗栗多在詛咒和束縛方面的能力確實相當優秀。」

「哈！雖然尚未成熟，但是你居然能夠解決掉龍王之一！真不愧是神滅具(longinus)的持有者，格奧爾克！」

海克力士如此稱讚他。這樣啊，他們是以格奧爾克為中心打倒匙同學。

有這個擅長魔法的神滅具(longinus)持有者作為戰鬥中心，化身龍王的匙同學會被打垮也不意外……不過還有一個因素，是他們同時攻擊載有小朋友的巴士吧。

我的右手握緊格拉墨，左手創造聖魔劍，揮舞這兩把劍。劍上產生的攻擊性氣焰襲向貞德和海克力士。

兩人輕鬆閃過——但也產生可乘之機！

我迅速抱起身邊的真羅學姊，然後衝向倒地的蒼那會長和匙同學。

「很快嘛！」

格奧爾克在手上製造魔法形式的魔法陣！休想得逞！消去手中聖魔劍的我下令！

「騎士團啊！」

龍騎士團出現在我的四周。我命令他們將蒼那會長、匙同學、真羅副會長帶走。

騎士團抱起他們，直接前往社長他們身邊。

好！這樣就行了！接下來——

格奧爾克發射巨大的火球！是火焰魔法！

我以雙手緊握格拉墨，將攻擊我的火球一刀兩斷！看來以這把格拉墨的鋒利度來說，這點程度的魔法不算什麼！雖然不太甘心，但是它的硬度、破壞力、銳利度都比我創造的魔劍強上一大截。

看見我的一連串行動，格奧爾克發出驚嘆的話語：

「太強了……面對我們三個人，還可以救出所有同伴……這就是聖魔劍的木場祐斗。原來在赤龍帝的陰影下，莉雅絲．吉蒙里還有個這麼可怕的騎士。」

「謝謝你的誇獎，我感到很榮幸……姑且這麼回答吧。我只要當影子就夠了。英雄是一誠同學。我只要當莉雅絲．吉蒙里的劍就好。」

沒錯，只要這樣我就滿足了。站上舞台成為眾所矚目的焦點的人，應該是我的主人社長和我的好友一誠同學。我是劍。除此之外什麼也不是。

「請振作！」

愛西亞開始幫會長和匙同學恢復。綠色的淡薄光芒以她為中心向外擴張。那是廣範圍的恢復。因為愛西亞同學的個性，這樣的恢復無法區分敵我，但是她們和英雄派的距離很遠，因此不需要擔心。

就算對方想要攻擊她，我和夥伴們也會全力阻止他們。

「……有個小朋友非常寶貝地緊緊握這個……胸部龍的人偶……要是在這裡……讓那些孩子們受傷……我就沒資格追著那個傢伙的背影前進……」

正在接受恢復、意識模糊的匙同學如此說道。他眼中浮現出淚光，看起來滿心懊惱。

——匙同學！

你……只是因為這樣……只是因為看見那個就奮戰到傷得這麼嚴重嗎……！

「椿姬，他們由我們來對付。你們趁這段時間帶巴士上的孩子們避難好嗎？」

社長對著真羅學姊如此說道。副會長來回看著對手和我們還有孩子們。

「但是……」

「我也拜託妳，副會長。你們承受的不平，我們會一起奉還給他們。匙同學和妳的意念，我們都接收到了。」

我也對副會長這麼表示。沒錯，匙同學想要保護的事物和我們一樣。我無法原諒對此下手的英雄派——我要在這裡解決他們。

「木場同學……好，我明白了。」

真羅副會長如此回答。

這樣就對了。這下子孩子們就安全了。接下來只剩下打倒他們。

「木場對副會長發揮型男之力！你沒有資格挖苦一誠囉！」

伊莉娜同學開心地大呼小叫……算了，現在就隨她去吧。

潔諾薇亞向前踏出一步：

「好了，開戰吧。我特地請人重新鍛造杜蘭朵，不大鬧一場怎麼行呢。」

潔諾薇亞拿下包在兵器上的布。從中現身的是原本的王之杜蘭朵。被曹操破壞的杜蘭朵好像恢復原狀了。

而且在天界重新鍛造時，應該還加上「支配的聖劍（excalibur ruler）」。光是從外表來看沒有任何變化……但是劍身散發的氣焰和以前截然不同。

——經過壓縮而變得濃密的聖劍氣焰，平靜地覆蓋在劍身上。

七把王者之劍全部到齊——那個可以說是真王者之劍和杜蘭朵的複合聖劍。威力想必相當驚人。

「我也拿到好東西囉！」

伊莉娜同學拔出配戴在腰間的劍。

——怎麼會有這種事。我居然在她拔劍之前都沒發現。伊莉娜同學手上的那把劍——是聖魔劍！

伊莉娜同學看見我的反應，露出微笑：

「沒錯，就是這樣。三大勢力締結同盟時，惡魔方面將木場的聖魔劍提供給天界，天界根據那些製作量產型聖魔劍！這就是其中一把試作品！不過為了讓天使也能使用，這在製作時經過相當程度的改造，已經不像木場的聖魔劍那麼強又多樣化，但是讓天使使用已經相當足夠！」

天界開發了那種技術啊。

聖魔劍是因為神已死而誕生，因為這樣的性質，應該也得遠離天界或是梵蒂岡的本部才可以使用。儘管如此，還是相當可靠。

總覺得有種出外旅行的小孩成長茁壯之後，回到自己身邊的感覺。看來我的聖魔劍似乎對三大勢力頗有建樹。

潔諾薇亞舉起劍——劍尖直指貞德：

「跟我有恩怨的人是齊格飛，不過既然他被木場和社長他們打倒，這也是無可奈何的事——我來幫伊莉娜還清妳們之間的恩怨吧。」

伊莉娜同學也同意潔諾薇亞這番挑釁的發言。

「沒錯沒錯！我要和妳算那個時候的帳！就算妳繼承聖人的靈魂，依然是個非常糟糕的傢伙！」

伊莉娜同學也模仿潔諾薇亞，以聖魔劍的劍尖指向貞德……這個動作讓我忍不住覺得她們真是一對好搭檔。

「哎呀哎呀，那麼我也參戰好了——她大概也帶著那個東西，多一個人總是比較好。」

朱乃學姊好像也要對付貞德。她大概是為了提防「業魔人（chaos drive）」化才這麼做吧。透過那種禁藥，貞德強化之後會變成什麼樣子還不得而知。多些人一起上才是正確做法。

朱乃學姊雙手的手環發出金色的光芒，背上冒出三對羽翼。

——是墮天使化。

現在還需要手環的輔助，不過朱乃學姊說過，總有一天要練到不靠手環也能墮天使化。她想讓沉睡在自己體內的力量完全覺醒。

面對她們三人的挑戰，貞德露出不以為意的笑容：

「這樣啊，我的對手有三人之多啊。而且那位大姊好像還知道那個東西。真是太有意思了！禁手化（balance break）！」

說出帶有力量的話語之後，貞德背後出現一隻以聖劍形成的龍。

那是貞德的聖劍創造（blade blacksmith）的亞種禁手（balance breaker）。散發的壓力依然濃厚而沉重。面對她一點都不能大意。

儘管如此，潔諾薇亞還是舉起劍：

「這把王之杜蘭朵上附加分成七把的王者之劍所有的能力。若是能夠靈活運用那些能力，我一定可以變得更強吧。」

沒錯。那把劍擁有王者之劍的七種能力。如果運用得當，那個能力應該可以和曹操的禁手(balance breaker)進行激戰吧。

正當我如此心想時……潔諾薇亞大方承認：

「不過很遺憾的，我是個笨蛋。要我馬上轉成技巧派練習那些能力，也無法立刻上手。正因為如此，我能用的就是這招。」

潔諾薇亞揮動王之杜蘭朵。

隨著劇烈的破碎聲，她身前的路面出現巨大的隕石坑。

「——只靠破壞的王者之劍和杜蘭朵的威力就夠了。」

壓過一切的破壞力宣言！

……潔諾薇亞，妳好歹也是「騎士(knight)」，能不能更加注重技巧的層面……好好運用那些能力的話，應該可以成為比我活躍的多方位高手。

潔諾薇亞好像察覺到我的視線，一臉不滿地說道：

「唔，木場，你現在一定在想我是個空有力量的笨蛋吧。但是以我的觀念來說，吉蒙里的技巧派有你就夠了。所以我要把一切傾注在破壞力上！」

算我求妳了！可不可以兼顧技巧啊！我們的眷屬全是力量型，技術型原本就很不夠了！

只有我一個技巧型戰力，以組隊方針而言打從根本就有問題！而且是很大的問題！吉蒙里眷屬的技術不足越來越嚴重了！讓我越來越擔心未來的遊戲！

……改天我要認真建議社長──請她多培育一個技巧型的戰力。

「……眷屬當中最辛苦的人，祐斗學長。」

謝謝妳，小貓！我會再加油一下的！

「跟我來吧！惡魔、天使、墮天使到齊了！我真受歡迎！」

貞德興高采烈地騎上聖劍構成的龍。龍在主人坐穩之後，便以四肢攀住附近的高樓，迅速衝了上去。

潔諾薇亞、伊莉娜同學、朱乃學姊都展開翅膀追擊。她們隨即在高空展開激烈衝突！

憑著她們三人的身手，對付貞德應該也能好好戰鬥吧。剩下的──就是海克力士和格奧爾克了。

我詢問格奧爾克：

「為什麼要對那輛巴士動手？話說你們為什麼在首都莉莉斯？」

我無法理解他們對孩子們動手的理由。他們應該沒道理特別針對那輛巴士下手。還有，他們為什麼會在這個都市？這個都市地區已經因為魔獸騷動淨空，所以想來趁火打劫嗎？應該不至於吧……

「我先回答後者吧——我們是來參觀的。是曹操說他想來親眼見識那隻超巨大魔獸可以進擊到哪裡。」

——格奧爾克如此回答。

……他們過來的理由是參觀。或是陪同想要來參觀的曹操而來嗎……只不過最重要的曹操本人不在這裡……是不是在哪裡隔岸觀火？那個男人還是一樣，令人毛骨悚然。

「那麼為什麼對巴士動手？」

我又問了一次。格奧爾克只是嘆氣：

「我們碰巧遇見那輛巴士，發現弗栗多匙元士郎和西迪眷屬也在車上。他們也認得我們。既然如此，就此展開戰鬥也是在所難免吧？」

……只是剛好遇到嗎？

然而海克力士露出挑釁的笑容開口：

「一方面也是因為我的煽動吧？湊巧碰見那個弗栗多，讓我覺得只是參觀魔獸侵略都市太沒意思了。所以我就說：『你們不想讓那些小孩遇害的話，就和我們戰鬥。』——然後就開打了。」

——！

……居然……居然因為這種無聊的理由開戰嗎……？

匙同學聽到這番話，為了保護孩子們才會受重傷……！

就在我心中的憤怒膨脹到無法壓抑時——

「我聽說英雄派是一群希望和非人存在戰鬥的英雄……不過看樣子還是有走上邪門歪道的傢伙啊。」

一名男子一邊開口，一邊來到對峙的雙方之間。

一隻全身布滿金色體毛的巨大獅子如同隨從跟著他——是個擁有極大力量的人。近乎純粹的「力量」化身。

面對我、潔諾薇亞、羅絲薇瑟小姐，還有真「皇后(queen)」狀態的赤龍帝四個人，只憑自身體能連番與我們對戰的男人——

「……塞拉歐格！」

社長說出那個男人的名字。

——沒錯，來者正是塞拉歐格・巴力。

—○●○—

忘記是什麼時候，阿撒塞勒老師曾經如此稱讚。

「如果在莉雅絲她們這一輩新生代惡魔當中，有哪個人可以和不斷提升力量的一誠正面對戰，就只有一個人了。」

塞拉歐格．巴力，只差一點就可以壓制覺醒的一誠同學的男人。

他帶著巨大的獅子——雷古魯斯現身。

他讓雷古魯斯待在原地，向前踏出一步。接著只說了幾個字。

「——讓我上。」

塞拉歐格．巴力脫掉上衣，露出千錘百鍊的健壯肉體。

他的身體散發純粹的戰意——也就是鬥氣。

「我將在首都到處作亂的舊魔王派殘存分子收拾得差不多之後，看見遠方有隻黑龍——也就是匙元士郎的身影。雖然我只有在遊戲的紀錄影像當中看過他那副模樣，但是立刻就能理解——他正在和強大的對手交戰。」

塞拉歐格．巴力看向海克力士。海克力士感受到他發出的戰意，露出開心的笑容：

「是巴力家的繼任宗主啊。我聽說過你的傳聞喔？以毀滅魔力為特色的巴力大王家，出了個生來不具備毀滅之力的無能繼任宗主。聽說你身為惡魔卻只會打肉搏戰啊。哈哈哈，我還是第一次聽說有這種莫名奇妙的惡魔！」

聽到海克力士的挑釁，塞拉歐格．巴力的表情依然沒有絲毫變化。

從過去的生涯來看，比起曾經聽過的污言穢語，這種程度的胡言亂語不值得一提吧。

「繼承英雄海克力士的靈魂之人。」

「沒錯，就是我，巴力先生啊。」

塞拉歐格．巴力緩緩走向海克力士，斬釘截鐵說道：

「——看來是我弄錯了。像你這種弱小的傢伙怎麼可能是英雄。」

聞言的海克力士額頭浮現青筋。剛才那番話，應該嚴重傷害他的自尊心吧。

「哼，聽說你和赤龍帝互毆是吧。太遜了吧。說到惡魔當然就是魔力。魔力的結晶、魔力引發的超自然現象才是惡魔的象徵。赤龍帝和你卻完全沒有，你們到底算什麼啊？」

「…………」

無論海克力士怎麼煽動，塞拉歐格．巴力連眉頭都沒有皺一下。

儘管如此，海克力士還是繼續大放厥詞：

「傳說原本的海克力士打倒涅墨亞的獅子，然後聽說你得到那個獅子的神器（sacred gear）——真是諷刺啊，居然讓你碰上我。你不用那個的話打不贏我喔？」

面對海克力士的說法，塞拉歐格．巴力再次斬釘截鐵簡短表示：

「我不用。」

「啥？」

海克力士的太陽穴浮現出青筋，以憤怒的語氣反問……

「你這種貨色不配我用獅子外衣。因為我怎麼看都不覺得你比赤龍帝強。」

塞拉歐格·巴力只是如此斷言。

海克力士聽了放聲大笑：

「哈哈哈哈！我的神器沒有炸不了的東西！即使你身上覆蓋鬥氣也一樣！根本抵擋不了我的神器！」

海克力士衝過來了！

他的手上帶著危險的氣焰！他抓住塞拉歐格·巴力的雙手之後——便以神器展開爆破攻擊！海克力士的神器能力是在攻擊的同時使目標爆炸。

隨著巨響，塞拉歐格·巴力的雙手發生爆炸！

雖然只有身體表面，但是他讓那個塞拉歐格·巴力受傷了！海克力士的神器能力果然不能小覷！

——然而塞拉歐格·巴力只是平淡開口：

「原來如此——就這樣啊。」

即使皮開肉綻還在噴血，他一樣面不改色——

這讓海克力士的怒氣完全爆發，雙手的氣焰更加高漲！

「嘿嘿嘿，你還真敢說啊。那麼這招如何！」

如此說道的他對著路面連續出拳。剎那間——整個路面發生大規模的爆炸，籠罩塞拉歐格．巴力整個人！

煙霧、塵土形成漩渦，在這一帶擴散！

兩人開戰的路面完全崩塌，變成一堆砂石——

站在砂石堆上，海克力士再次大笑：

「哈哈哈哈哈哈哈！看吧，我就知道！果然毫無抵抗能力就這麼被幹掉了！所以我說沒有魔力的惡魔都是廢物！不過就是體術，只會那種東西又能——」

說到這裡，海克力士住口了——他的表情充滿驚愕。

因為塵埃落定，那個男人若無其事地站在馬路中央！

全身上下滿是小傷口，流血的塞拉歐格．巴力的表情還是沒有任何變化。

「——就這樣嗎？」

看見毫無衰減的鬥氣——海克力士的臉上出現輕微的戰慄之色。

「……別小看我，這個臭惡魔！」

儘管嘴巴這麼咒罵，但是他輕鬆的態度收斂許多也是事實。

塞拉歐格．巴力終於對海克力士展開進攻。

他散發沉重的壓力，一步又一步地拉近和海克力士的距離。

「聽說你是繼承英雄海克力士靈魂的人類，我原本還有些期待……看來你完全辜負我的期待。」

海克力士再次舉起雙手──但是塞拉歐格．巴力的身影瞬間消失！好快！

當他再次現身時，已經在海克力士的正前方！只會從正面進攻──！這個男人的戰鬥方式真是令人咋舌！

「輪到我了。」

咚！

大王家繼任宗主又重又低的一拳，銳利打在海克力士的腹部，深深刺了進去。這一拳的衝擊穿透海克力士的身體，輕易地破壞後方的大樓牆壁。

「────！」

大概是因為破壞力超乎他的想像吧，海克力士的臉上浮現出困惑──之後變成充滿苦悶的表情。

「～～～！」

他當場跪下，壓住腹部。口中吐出鮮血。

他想必感受到難以言喻的劇痛吧。我也挨過那個拳頭，所以我懂。沒有人能夠憑血肉之軀接下那一拳還不會有事。

那明顯是很嚴重的傷。

只憑一拳，一記普通的拳頭就逆轉情勢——

……就連羅絲薇瑟小姐強大的魔法攻擊，都無法對海克力士造成致命傷，這個男人只用一拳就輕鬆破壞他的防禦。

塞拉歐格·巴力俯視海克力士開口：

「怎麼了？剛才那拳只是普通的拳頭喔。你瞧不起的赤龍帝挨了這種拳頭還是毫不畏懼地對抗我喔？」

聽他這麼說，海克力士以含糊的聲音發出詭異的笑聲。

同時他帶著激動而憤怒的神情站了起來。

「…………開什麼玩笑……！開什麼玩笑啊，臭惡魔————！沒有魔力！也不用神器(sacred gear)！只憑普通的拳頭——」

暴怒的海克力士全身發出光芒！籠罩全身的光芒逐漸形成類似飛彈的突起物！——是禁手化(balance break)！他在京都發射那些飛彈，讓羅絲薇瑟小姐吃了不少苦頭！具有強大破壞力的全身武器庫狀態！

「怎麼可能打得倒我啊————啊啊啊啊啊啊！」

海克力士放聲大吼，同時將全身上下的飛彈朝四面八方射出！

我們也感覺處境危急，紛紛準備閃躲。

無數的飛彈在街上到處轟炸，造成大規模的破壞。建築物、路面、公共設施，全都受到嚴重的破壞！

其中一枚飛彈直直飛向塞拉歐格．巴力！

「哼！」

噹！

塞拉歐格．巴力面對誕生自神器（sacred gear）的飛彈閃也不閃，只靠拳頭就彈開了！好驚人的拳頭。面對那樣的攻擊還能不以為意地打飛……！這讓我再次體認到大王家繼任宗主的拳頭有多麼令人驚嘆。

他用拳頭將飛向他的飛彈全數打飛。改變彈道的飛彈朝完全無關的方向飛去，命中大樓的牆壁或路面，無謂地炸開。

海克力士發射的飛彈有一枚飛向避難的孩子們！糟糕！要是飛彈擊中他們——

幸好我是白操心。

因為羅絲薇瑟小姐擋到孩子們的身前！

羅絲薇瑟小姐在前方展開強力的防禦魔法陣，完全擋住飛彈的衝擊！

在京都被打敗的羅絲薇瑟小姐，現在強化防禦力了！

「——這是新的防禦魔法。我身為『城堡（rook）』，所以覺得應該加強自己的特性——也就是防禦力。我在故鄉學會了各種強力的防禦魔法。只要活用這樣的特性再加上魔法，就連擋下禁手化（balance break）特化破壞力的神器（sacred gear）攻擊也綽綽有餘。看來成果相當豐碩——海克力士，你的攻擊已經對我無效。即使是威力比這個強十倍的攻擊，我也可以擋下來！」

羅絲薇瑟小姐之所以回去故鄉北歐，就是為了加強自己的特性。藉由學習堅固的防禦魔法，提升自己的防禦力。

既然能夠輕鬆擋下海克力士的攻擊，防禦力肯定提升不少。如此一來，羅絲薇瑟小姐身為「城堡（rook）」的能力又更上一層樓。吉蒙里眷屬都越來越強了，一誠同學！

正當我為了夥伴變強感到開心時，孩子們的身影映入我的眼中。

「獅子哥哥！加油——！」

「獅子——！不可以輸——！」

他們正在幫和海克力士對峙的塞拉歐格·巴力加油。

塞拉歐格·巴力似乎沒想到會有這樣的聲援，顯得愣了一下。孩子們大概是看了我們對抗巴力的那場遊戲，知道塞拉歐格·巴力是誰吧。

在加油聲當中，他高興地放聲大笑：

「哼哈哈哈哈哈哈！」

塞拉歐格．巴力的鬥氣更加膨脹，氣勢也變得更強：

「那些孩子們居然對我說『加油』、『不可以輸』。聽起來真是舒暢啊，兵藤一誠。這就是孩子們提供的力量嗎——這下我沒有半點輸給你的可能性，英雄海克力士。」

「聽到小鬼對你嚷嚷有什麼好高興的——！這個無腦大王！」

正當海克力士放聲吼叫時，充滿鬥氣的拳頭打進他的臉——臉上每一個有洞的地方都噴出鮮血，海克力士跪倒在地。

「……這種拳頭……為什麼……」

大王的拳頭能夠讓對手每中一拳就感到畏縮。那只是普通的拳頭。但是那種普通的拳頭能夠挖開對手的肉體與心靈——而且非常深入，直達核心。

「連孩子們的聲援都沒有的傢伙，不准自稱英雄……！」

塞拉歐格．巴力對海克力士展現充滿震撼力的表情。

海克力士似乎領悟到力量和精神都敵不過對手，露出徹底絕望的表情。

不過他把手探進懷中，拿出幾樣東西。

——是手槍型注射器和不死鳥的眼淚。

是「魔人化(chaos break)」！要是他注射那個，情勢很有可能逆轉！不，如果塞拉歐格．巴力變身禁手（balance breaker）應該可以與之抗衡吧。但是他的爆破能力在強化之後，很有可能對這一帶造成更大規模的破壞！

而且他還拿出不死鳥的眼淚！完全恢復之後進行「魔人化（chaos break）」，能讓海克力士的強度提升到何種境界，簡直無法想像！

「該、該死的傢伙！」

海克力士一面咒罵，一面將注射器前端抵住脖子——但是他的動作有了猶豫。

塞拉歐格．巴力見狀問道：

「怎麼了，你不用那些東西嗎？依我看來，那是強化道具吧？想用就用吧。我完全不在意！如果那個能讓你變強，我欣然接受！我要超越強化之後的你！」

我在他身上看見身為大王的大器風範。

海克力士——他的表情顯得扭曲，看得出來心有不甘，甚至連眼角都浮現淚光。

「該死啊——啊啊啊啊啊啊啊啊啊啊！」

大聲哭喊之後——他將「魔人化（chaos break）」和不死鳥的眼淚丟在路上！然後直接舉起拳頭，正面衝向塞拉歐格．巴力。

……他居然丟掉「魔人化（chaos break）」和不死鳥的眼淚……！這樣的發展著實出乎我的預料！

塞拉歐格．巴力看見對手的表現，第一次對他擺出架式：

「在最後關頭找回身為英雄的驕傲啊——還算不錯。但是——」

以左拳正面粉碎海克力士襲來的拳頭，塞拉歐格・巴力鼓起一身鬥氣，以右拳——

「——就用這拳解決你吧！」

打進他的腹部！

爽快的聲音在附近一帶迴響。

完全失去意識的海克力士趴倒在路面的同時，一誠同學說過的話在我腦中重現。

那是在對抗巴力之戰後，他無意間說出口的話。

『吶，木場。塞拉歐格真的是個很不可思議的人。和他正面互毆簡直愚蠢至極，閃躲才是理所當然，就連我也會這麼想——但是就算腦袋這麼想，身體還是會不由自主行動。等我回過神來，自己已經一拳往他臉上打去。他就是這樣的一個人。讓人很想和他用拳頭較勁。毫無道理可言。』

就連淪為邪魔歪道的人，塞拉歐格・巴力的拳頭也能喚醒他的驕傲——

打倒海克力士的塞拉歐格・巴力，看起來是那麼雄壯。

塞拉歐格・巴力打倒海克力士，朱乃學姊她們還在對付貞德，剩下的對手——只有格奧爾克了。

當然了，還有不知道會在什麼時候，從哪裡現身的曹操……

遠方可以看見極大的雷光和神聖氣焰在高樓大廈之間亂竄。看來她們還在和貞德交戰。實力變得更加堅強的她們之所以至今尚未過來，大概是因為貞德用了「魔人化(chaos break)」吧。現在的朱乃學姊她們應該足以對付貞德的禁手(balance breaker)。戰鬥拖得比預期中的還要久。

我們這邊加上塞拉歐格・巴力之後，戰力也相當充裕。即使格奧爾克使用那個「魔人化(chaos break)」，我們還是有勝算。

格奧爾克瞥了倒在地上的海克力士一眼，笑著說道：

「好強。這就是新生代惡魔啊。巴力家的塞拉歐格，還有莉雅絲・吉蒙里率領的吉蒙里眷屬。明明不久之前才見面，沒想到你們的實力又變得更強……照這個樣子看來，我手上的情報也不適用於那邊的貓又和吸血鬼吧。」

格奧爾克看著小貓和加斯帕。

過去神子監視者(Grigori)的加斯帕姑且不論，小貓和日前在擬似空間的那場戰鬥相比，其實沒有明顯變強。對她而言，今後才是關鍵。聽說她已經決定向姊姊黑歌學習仙術和妖術。既然是找原本和她感情不睦的姊姊教她，可見小貓的決心相當堅定。

被格奧爾克這麼一看——加斯帕的臉色顯得蒼白。

「……加斯帕，你怎麼了？」

社長察覺眷屬的變化，一臉疑惑……然後加斯帕的表情逐漸崩潰，最後流下一顆顆斗大的淚珠。

……加斯帕發生什麼事了嗎？

「……我對不起大家……我……我！雖然去了神子監視者(Grigori)的研究設施……可是沒辦法變強！」

——！

面對加斯帕的坦承，在場的眷屬都大吃一驚。他泣不成聲，繼續表白：

「我想幫上大家的忙……也很想變強！可是神子監視者(Grigori)的人告訴我……再這樣下去，我沒有辦法變得更強……」

加斯帕癱坐在地：

「……我連保護女生都辦不到……是吉蒙里眷屬男生之恥……！」

他開始嚎啕大哭……連神子監視者(Grigori)都無法讓加斯帕變強嗎？

看著加斯帕這副模樣，格奧爾克興致缺缺地說聲：

「已故的赤龍帝看見自己的學弟這麼窩囊，一定死不瞑目吧。」

聽見這句話——加斯帕抬起頭，以傻傻的表情低聲發問：

「……已故的……赤龍帝？」

他環顧四周，看著景物，看著我們。他還不知道一誠同學為什麼不在這裡。

「……一誠學長呢……？一誠學長不在這裡，不是因為去阻止那隻大怪物嗎……？」

「加斯帕，一誠他——」

社長原本打算將真相告訴還不知情的他——但是塞拉歐格．巴力對社長使個眼色，搖頭制止她。社長確認他的這番舉動，也閉上嘴巴不再說下去。

他們故意不告訴他真相嗎……？塞拉歐格．巴力和社長到底在想什麼……！

並未察覺兩名「國王(king)」之間的眼神交流，格奧爾克揚起嘴角，對加斯帕說道：

「這樣啊，你還不知道吧。赤龍帝和舊魔王——不，事到如今我再推卸責任也無濟於事。他和我們『禍之團(Khaos Brigade)』交戰，然後陣亡了。死因大概是號稱終極屠龍者(dragon slayer)的薩麥爾之毒吧。由於我們也不在現場，無法得知詳細死因，但是如果要殺那個赤龍帝，也只有這個辦法了。」

英雄派還不知道一誠同學以只剩下靈魂的狀態留在次元夾縫。那是當然。照理來說，只要中了薩麥爾的毒，是龍都會死。

小貓、愛西亞同學、羅絲薇瑟小姐似乎也察覺社長是故意不說出真相。當然了，她們應該也和我一樣，無法掌握社長真正的意圖……

不，難道……我的腦中有某個想法。難不成塞拉歐格．巴力打算讓加斯帕——

格奧爾克依然述說他的意見。加斯帕一直聽著，越聽表情越是變得槁木死灰……看著學弟臉上出現完全的絕望……真是難以忍受的痛苦。

「你不需要感到懊悔。就連奧菲斯和白龍皇瓦利也敗在薩麥爾的手下。就算是赤龍帝，也不可能克服那個詛咒。」

格奧爾克語畢，輕聲笑了一下。

「……一誠學長……死了……？」

茫然若失的加斯帕，臉上滑過一行眼淚。他渾身顫抖，眼神也開始失焦。聽到敬愛的學長的死訊，他的心情大概充滿絕望吧。他低下頭，一直保持沉默。

不久之前還盤踞在我們心頭的情緒，現在也侵襲著他。沉默了一會兒，小貓終於受不了此情此景的苛責，準備接近加斯帕。就在這個時候——

他挺起無力晃動的身體。原本低著的頭也慢慢的、慢慢的抬起來。

加斯帕的表情毫無生氣，不帶任何感情……但是我感覺背脊一涼，一陣寒意竄上來。

他微微張開嘴巴，只說了兩個字。

聲音是那麼低沉，聽起來有如不屬於這個世界的詛咒——

〈——死吧。〉

就在這個瞬間——

才一眨眼的工夫，整個區域的所有事物變得一片黑。地面、天空、景物，一切的一切逐漸被黑暗籠罩——這片黑暗是如此陰鬱、冰冷，就連光線都消失了。

黑暗從加斯帕身上滲出，將周遭的所有事物全部染成黑色。

「……這是，怎麼回事……！」

面對突如其來的現象，格奧爾克大吃一驚，四處張望。

黑暗、黑暗、黑暗、黑暗……剛才還佇立在附近的大量建築物有如虛像或幻想消失得無影無蹤，除了我們以外的所有事物都變成一片漆黑。

「……失控？禁手（balance breaker）……？不，這個不是！是吸血鬼的力量……？可是，這未免也太……超乎常理……！」

看見這個光景，就連擅長魔法的羅絲薇瑟小姐也驚訝不已……我也是第一次見到這種現象！這和禁手（balance breaker）又是不同的現象吧。

……這個將一切染黑的空間究竟是什麼……！

化為一片黑暗的領域中央，有個更加深沉的黑暗人影，逐漸逼近格奧爾克。人影的動作相當奇怪，脖子扭向奇怪的方向，肩膀不住抽搐，拖著沉重的步伐一步一步走向馭霧者。

人影的雙眼發出紅光。詭異渾濁的紅光——

〈殺了你……！殺光你們所有人……！〉

這不是加斯帕的聲音……！其中充滿詛咒、怨懟、怨念，是種只要聽見就會受到影響的危險聲音！

塞拉歐格．巴力瞪大眼睛說道：

「……我原本就覺得赤龍帝之死，是個可以讓他產生變化的契機。加斯帕．弗拉迪的眼神，是男子漢飽受屈辱時的眼神。所以我覺得如果有什麼可以讓他爆發的事，應該可以讓他解放連神子監視者也無法解放的力量。因為我不認為那個總督的組織純粹只是無法讓他的力量覺醒。」

他說得沒錯。進行諸多研究的神子監視者，完全無法幫助加斯帕實在太奇怪了。正如同塞拉歐格．巴力所說，應該是有某種力量正在覺醒，只是這次找不到適當的契機就讓他回來了——這才是正確的狀況吧。

塞拉歐格．巴力眉頭深鎖，對著社長說道：

「莉雅絲，沉睡在加斯帕．弗拉迪體內的東西——看來遠遠超出我們的想像。這——應該歸類為怪物。妳……到底是收了什麼當眷屬……？」

「……吸血鬼的名門弗拉迪家之所以輕視加斯帕……並不是因為停止的邪眼，而是因為

知道這件事嗎……？因為恐懼……才將他趕出城外……？」

社長的聲音有點顫抖。

在我們的眼前，變成黑暗化身的加斯帕伸出……應該是手的東西。

格奧爾克立刻有所反應，展開魔法陣——但是魔法陣逐漸遭到黑暗侵蝕。

「……！這是什麼！不是魔法！也不是神器(sacred gear)之力！他到底是怎麼消除我的魔法陣的！」

因為加斯帕的行動驚愕不已的格奧爾克拉開距離，在空中展開無數的攻擊魔法陣！參雜各種屬性、魔法術式的全方位轟炸朝加斯帕落下！如果被那波攻勢直擊，就算防禦力再怎麼高的人也會受重創！

黑暗世界的四面八方出現無數的紅色眼睛，發出詭異的光芒——

在那個瞬間，已經發射的無數攻擊魔法停在空中。

是停止的邪眼——他用那招輕易地將那些魔法全部停住！可是居然能夠讓整個領域布滿「眼睛」……！

靜止的無數魔法遭到黑暗所吞噬，逐漸消失。

對於這樣的結果，最為驚訝的就是格奧爾克本人。他的表情逐漸染上恐懼之色。

黑暗的化身再次開始前進……他帶著完全不像這個世界的生物的存在感與動作，一點一點接近格奧爾克。

格奧爾克開始在手上聚集霧氣。那是神滅具（longinus）——絕霧（dimension lost）！他打算靠那股力量驅離加斯帕嗎！

格奧爾克操縱霧氣，試圖包圍加斯帕！但是那些霧氣也遭到加斯帕身上的黑暗、黑影、漆黑吞噬——

〈……吃……吃……吃……吃掉了……你的霧氣和魔法……都起不了作用……要吃光一切……〉

……他的言行……都不同於我們認識的加斯帕……或許認為他已經變成別的東西比較好吧……

即使是上位神滅具（longinus）的霧氣，也無法制止成為黑暗化身的加斯帕。

而且——驅使霧的格奧爾克完全不是他的對手……！

用在加斯帕身上的「變異棋子（mutation piece）」——現在的我終於可以理解其中的含意。

潛藏在他體內的力量竟然如此強大……！如果只論潛力，眷屬當中或許就屬他最強吧。

對抗巴力之戰的那場戰鬥，使他產生劇烈的變化。

聽聞一誠同學的死訊，變化因為這個契機而湧現，具體成形——

就是那個黑暗的化身。

……一誠同學，或許吉蒙里眷屬男生當中最具潛力的，是加斯帕也說不定……這個……

這個形態就連超乎常理也無法形容。

不是惡魔也不是龍……就連是否可以分類為吸血鬼也不知道。

——沒錯，那是截然不同的東西。

格奧爾克以他學會的所有魔法及霧之能力射向加斯帕。

但是全部遭到黑暗所吞噬，或是被無數的「眼睛」停止。

在攻擊全數遭到化解之際，格奧爾克為了製造結界空間，試圖以霧氣展開魔法陣——然而那些魔法陣也都遭到黑暗吞噬，結界無法成形。

格奧爾克身邊的黑暗開始蠢動，逐漸形成像是野獸的東西。有的像狼、有的像巨鳥、有的像龍。但是每隻野獸的外形都不對勁。獨眼的狼、五翼的巨鳥、臉上有兩張嘴的龍、超過二十隻腳的蜘蛛……每隻的外型都脫離原本應有的狀態。那些異樣的物體包圍格奧爾克。

這些全是加斯帕創造出來的嗎……！

「唔！我的霧……！我的魔法失效了！這傢伙是怎麼回事！他到底是什麼東西！」

格奧爾克的表情充滿絕望。這場戰鬥無論怎麼看都是加斯帕獲得壓倒性的勝利。不，這可以算是分出輸贏嗎……？只是一個超越異常、不屬於這個世界的東西在襲擊人類吧？眼前的場景令我不禁產生這樣的錯覺——

「……這就是阿加真正的力量……」

小貓只能在一旁茫然看著，好不容易才從口中擠出這幾個字。因為發生在朋友身上的變化，在許多層面都已經超出正常範圍。

「唔……只好暫時撤退！」

格奧爾克放棄對付真面目和能力都深不可測的加斯帕，在腳下展開轉移用的魔法陣。

──他打算進行跳躍嗎！

魔法陣的光芒包圍格奧爾克的身體，眼看著就要迸裂、進行跳躍。就在這一刻，他的身上冒出黑色火焰！

那陣黑色的火焰纏著隔奧爾克的身體不放，阻止他逃跑！

──這是！

我忽然想通，轉頭看向匙同學。他好像已經恢復意識，挺起上半身瞪著格奧爾克：

「……別想逃。你們對我的摯友下手──我怎麼可能輕易放過你們！」

匙同學壓低聲音開口，同時伸出手。抓住格奧爾克的黑色火焰形成讓人聯想到大蛇的外型──化為怨恨的咒法，將他整個人吞噬。

那是匙同學的──黑色龍王之火。據說那種火焰一旦在對手身上燃起，就會一直纏住對手，直到吸光對手的生命，燃燒殆盡為止。

格奧爾克從懷中掏出小瓶子──不死鳥的眼淚，但是就連瓶子也被黑色的火焰吞噬。

「……是弗栗多的……詛咒嗎……！」

格奧爾克勉強擠出聲音。原本以為已經成功解咒，但是黑色火焰並未消失。誕生自黑暗當中的異形怪獸接著襲擊他——

持有上位神滅具（Longinus）的強大魔法師——靜靜遭到黑暗吞噬。

當黑暗散去，風景復原——恢復為首都莉莉絲時，加斯帕已經躺在路上。

四周不見格奧爾克的身影……他完全遭到那個黑暗吞噬了嗎？

我走向加斯帕，看著他的臉。他的呼吸平穩，睡得很安詳……完全感覺不到任何一絲剛才那種危險的氣息。大概是耗盡力量之後昏倒了吧。

社長抱起加斯帕，溫柔輕撫他的頭髮：

「……看來關於這個孩子，我有很多事情得詢問吸血鬼才行。不過吸血鬼原本就很討厭惡魔，也不知道弗拉迪家願不願意回答我的問題……之前我想和他們談話，也遭到婉拒。」

吸血鬼啊。吸血鬼比惡魔更重視階級，將純血種和純血種以外的階級完全分開。簡單來說，就是幾乎沒有像吉蒙里眷屬這樣關心同伴的人，也不會像現任惡魔政府一樣，讓原本是人類的轉生者擁有機會。

絕對的純血、貴族主義。長生不老的種族。夜晚的統治者。

吸血鬼當中也有許多實力相當堅強的角色。尤其是在白天也能行動的晝行者，能夠打倒他們的方法相當有限，就連惡魔也不容易應付他們。

「回瓦爾哈拉時，我聽見一個相當令人感興趣的消息——據說某個吸血鬼名家收編一個神滅具持有者，使得吸血鬼之間爆發鬥爭。」

羅絲薇瑟小姐是這麼說的。

原來發生了這種事啊……吸血鬼界至今依然是個封閉的世界，不願意和惡魔及其他勢力談判。這樣的他們得到神滅具持有者……？看來在冥界陷入危機的同時，還發生了很多事。

「……吸血鬼方面固然令人介意，但是未來也得多留意魔法師。」

已經清醒的蒼那會長如此說道。

「此話怎麼說？」

聽到社長的問題，蒼那會長一面扶正眼鏡，一面說下去：

「……那些魔法師奉行的是實力、才能主義。你們剛才打倒的馭霧者格奧爾克，更是其中實力屬於頂尖水準的高手。魔術協會即使對打倒格奧爾克的你們產生興趣也不奇怪。更何況你們原本就是出名的強者。那些魔法師——主要是擅用召喚系魔法的人，和實力堅強的惡魔訂定契約對他們而言，是身分地位的象徵之一。尤其是前景看好的新生代惡魔，特別容易被召喚過去進行交易。有名的惡魔要不就是已經有老主顧，要不就是交易成立也得花費極高的代價，所以有不少魔法師會到處和還沒有人接觸的新生代惡魔進行交易。算是一種先行投資吧——不久的將來，一定會有人和你們接觸。」

魔法師啊。他們也是相當棘手的一群人。不過惡魔和魔法師之間，存在著自古一直延續的關係……我們會被他們當成交易對象……？

就在這個時候——感覺背後傳來一股氣息！

「哎呀呀，海克力士好像被幹掉了。格奧爾克也是……？這下子傷腦筋了。」

出現在那裡的人——是貞德！她遍體鱗傷，看起來相當淒慘。手上好像還抱著什麼東西

……？仔細一看，貞德挾持一名小男孩！

「等一下，貞德！」

「太卑鄙了，居然抓小孩子當人質！」

「……被她擺了一道。沒想到那個地方會有一對來不及逃走的母子。」

潔諾薇亞、伊莉娜同學，還有朱乃學姊前來和我們會合，表情充滿痛苦。

照這樣看來，戰況原本是對朱乃學姊她們有利……但是貞德抓住小孩子當擋箭牌，逃到這裡來了？

我們和貞德展開對峙。她手上的聖劍劍尖指著小孩子的脖子……身為惡魔的我好像沒資

格說這種話，不過我還是這麼認為。太卑劣了。

「真是卑鄙。」

塞拉歐格．巴力將我心中的感想直接說出來。

貞德聞言，忍不住笑道：

「這不是惡魔該說的話吧？不過你這麼看重道義，或許是會說這種話沒錯，巴力家的獅子王先生。總之——我先把曹操叫過來。你們實在太強了。沒想到我會被逼到只能逃跑。所以在曹操過來之前，這個孩子就是我的人質囉，ＯＫ？」

貞德如此宣告……如果曹操來到這裡，那可就不妙了。雖然有塞拉歐格．巴力在場讓人很放心……儘管如此，能不能勝過那個男人的聖槍還是未知數。

「哎呀，小弟弟，沒想到你會這麼安靜。是不是嚇得說不出話來了？」

貞德觀察了一下她手上的人質之後開口。正如同她所說，那個小男生面對這個狀況依然一臉平靜。

小男生露出笑容開口：

「不會啊，我一點也不怕。胸部龍馬上就會來了。」

——他的話中感覺不到害怕，他的想法是那麼純真又全然放心。

「呵呵呵，太可惜了，小弟弟。胸部龍已經死了。大姊姊的朋友打倒他囉。所以胸部龍已經沒有辦法過來了。」

儘管貞德這麼說，小男生臉上的笑容還是沒有消失……為什麼？為什麼在這種狀況下，他還能保持笑容……？

「沒問題的。胸部龍在夢中與我約好了。我看見那個大怪獸時覺得好可怕，然後就睡著了。結果胸部龍出現在我的夢裡。」

……夢？他夢見一誠同學了？

小男生很有精神、朝氣十足地開心說道：

「胸部龍說，他馬上就會過來，所以我不可以哭。他還說只要我們唸魔法的咒語，他就一定會回來喔！」

他伸出食指，在空氣中畫個圓圈。

「像這樣畫一個圈圈，然後用手指往正中間按下去！然後唸『陷陷陷陷呀啊——』，只要這樣做，他就一定會回來！大家都作了一樣的夢喔！費勒和杜樂絲也作了和我一樣的夢！隔壁班的同學也說他們都作了一樣的夢！大家真的都作了一樣的夢喔！」

大家都作一樣的夢？

孩子們都作了一樣的夢嗎？都夢見一誠同學了？

正當我滿心疑惑時，小男孩在我面前，對著天空開始唱歌。

——就是為了他，還有喜歡他的小朋友所作的那首曲子。

「在某個國度的角落～～有隻最喜歡胸部的龍住在那裡～～♪」

——就在此時，首都上空響起怪聲。我抬頭一看——空中即將產生次元裂縫。

空間開啟之後，有個東西從裡面出現——

我感覺到他令人懷念的氣焰。

那個——正是孩子們的英雄(hero)回來了。

『——夢？』

我——兵藤一誠以點頭回答德萊格的詢問。

「是啊，我剛才睡著時作了一個奇怪的夢。夢見有很多小朋友在哭。問了他們之後才知道原來是有個大怪獸讓他們很害怕，所以嚇哭了。於是我對他們說，叫他們用手指畫個圓圈然後按中間，同時唸『陷陷陷陷呀啊——』只要一直做這個動作，不久之後我就會回去。」

聽到我的說明，德萊格嘆了口氣：

『……你明明最討厭別人做那個動作，自己居然做了……』

「沒辦法啊！我想說要鼓勵那麼多小朋友，就必須有類似這樣的動作嘛！不過……我做了這個動作之後，夢中的小朋友臉上的不安就消失了。胸部果然很厲害。」

但是德萊格只是不停嘆息。哎呀，反正只是夢裡發生的事，你就別在意了！

『唉……說得也是——所以你的新身體如何了？』

——德萊格向我確認。他把我的靈魂移到剛從繭裡面拿出來的身體……在旁邊看著自己的身體時還覺得很奇怪，但是把靈魂移回來之後，就覺得這果然是我的身體。

和之前的身體沒有任何差異。我握了握手，觸覺的功能也很正常。

「好啊！這樣就可以摸莉雅絲和朱乃學姊的胸部了！」

我不住抓動五指進行模擬訓練！啊啊，豐滿又有彈性的莉雅絲胸部，還有柔嫩吸手的朱乃學姊胸部……光是回想起來就可以配十碗飯！

好，確認結束。也穿上鎧甲。對了，這個身體到底和之前的身體有什麼不同？

『外型和部分基礎結構都和人類一樣。應該可以照常過著原本的生活吧。但是現在沒有惡魔棋子(evil piece)，你等於是擁有人類外形的龍。雖說有奧菲斯的協助，不過再造你的肉體時，使用的可是偉大之紅的身體。現在的你也可以說是一隻小真龍吧。』

也就是說，現在的我可以說是偉大之紅的小孩囉。

『同時還受到無限龍神之力的影響。在這個狀態下，你的體能也比之前的身體更強。不過……反過來說，其實是原本的基礎太差，所以得到的強化也只有這種程度……』

不好意思，原本的我就是那麼差勁！畢竟我只是個普通的高中男生！

『好處就像我剛才提到的體能提升、得到真龍與龍神的力量，還有因為這樣更加難以預測未來的成長。除此之外，現在也可以離開偉大之紅的身上。』

我的成長原本就無法預測吧？受到乳力(new power)之類的影響。

『話是這麼說沒錯……我剛才也有提到壞處，失去惡魔棋子（evil piece），你藉此得到的各種能力也消失了。還有因為得到偉大之紅和奧菲斯的力量，屠龍（dragon slayer）之力對你的威脅也跟著變大。』

……壞處倒是兩個都很嚴重。不過惡魔棋子（evil piece）的部分只要見到莉雅絲就可以處理，比較令我害怕的是屠龍（dragon slayer）之力造成的傷害會變大。

……那種疼痛難耐的感覺真的是難以言喻……如果可以，我不想再體驗第二次。

好了，接下來該怎麼辦？

待在這裡，比較罕見的東西也只有停止活動的魔像——戈革瑪各在四周漂流……那些古時候的魔像真的在次元夾縫當中漂流。

我該怎麼回到大家身邊啊。就在我如此思索之時。

一段懷念的旋律傳進我耳中。

什麼……？這不是……？

『……搭檔，你看。』

在德萊格的催促之下，我看向次元夾縫的天空。有如萬花筒的天空——接連投影出一幅又一幅的影像。

——次元夾縫的空中出現許多冥界孩子的笑容。

孩子們伸出手指畫著圓圈，然後又用手指戳刺圓圈的正中央，同時很有精神地大聲唱著那首歌。

在某個國度的角落
有隻最喜歡胸部的龍住在那裡
天氣晴朗時總是外出散步找胸部☆
胸部龍　胸部龍　他是胸部龍
揉捏揉捏　吸吸吸吸　磨蹭磨蹭
世界上有各式各樣的胸部
不過　還是最喜歡大胸部
胸部龍　今天也要飛

在某個城鎮的角落
有隻最喜歡胸部的龍在這裡歡笑
風雨交加的日子戳了胸部精神就變好☆
胸部龍　胸部龍　他是胸部龍
戳刺戳刺　陷陷陷陷　呀啊——

到處看過好多好多的胸部
不過　還是最喜歡大胸部
胸部龍　今天也要戳

『——偉大之紅表示，他將全冥界的孩子們的意志投影在這裡。』

……全冥界的……真的假的。這些全都是孩子們呼喚我的歌聲嗎……！

心中滿溢的喜悅讓我的胸口一緊。大家都在呼喚我……！

『偉大之紅是掌管夢幻者……有人抱持夢、有人作過的夢、有人描繪的夢，讓我們看到的大概就是那些夢吧。說不定偉大之紅之所以會現身，是因為你在臨死之際強烈希冀想要回家——對這個夢想產生反應。』

德萊格如此說道……掌管夢幻。呼應我想回家的願望而現身，而且眼前的景象也是偉大之紅讓我看見的。

「是啊，不過這一定是真的。孩子們正在為我唱歌……！歌聲也傳到這裡來……！傳到我的耳中……！」

我……看著孩子們的笑容、聽著他們的歌聲，幾乎抑制不了心中湧現的情感。

『……太神奇了。那首歌原本明明讓我那麼不愉快……現在卻感覺到其中蘊藏強大的力量……哼哼哼，我終於真的要崩潰了嗎……』

「別這樣，這不是很好嗎，德萊格。那一定就是這樣的一首歌。沒錯，我就是住在某個城鎮的角落，在天氣晴朗的日子、風雨交加的日子，都笑著飛去找胸部的——胸部龍……！因為我最喜歡胸部了！我非得回到大家身邊！」

『沒錯，我們回去吧，搭檔——偉大之紅，可以拜託你嗎？請你帶這個男人回到那些孩子身邊好嗎？』

德萊格如此拜託赤龍神帝——偉大之紅發出一聲格外巨大的咆哮。

接著前方的空間開始扭曲，逐漸形成裂縫。

裂縫當中——可以看見大都市的街景。街景當中……傳來令人懷念的氣焰。從天空的顏色來看，那應該是冥界的都市吧。

啊啊，這種氣焰的波動真是令人心曠神怡。我的好友的氣焰、我最重要的夥伴們的氣焰，還有我愛的女人的氣焰——

我對身旁的奧菲斯說聲：

「奧菲斯，我要走了。去我可以回去的地方——」

「這樣啊。這……讓我有些羨慕。」

奧菲斯看起來很落寞……但是妳不需要那麼寂寞喔？

我對奧菲斯伸出手：

「——妳也來吧。」

面對我的舉動，奧菲斯嚇得睜大眼睛。我露出笑容對她說：

「妳和我是朋友吧？那就來吧——跟我一起走。」

這時，人稱最強的她露出微笑：

「我和德萊格——是朋友。我，要和德萊格一起走。」

我和奧菲斯牽住彼此的手。

沒錯，就是這樣。這樣就對了。

來，我們回去吧。回我們可以回去的地方——

我和奧菲斯還有偉大之紅，一起跨越次元的裂縫——

Life.1 鮮紅誓言

我和偉大之紅他們一起離開次元夾縫！才剛離開就看見令我大吃一驚的東西！

——眼前是一隻超級巨大的怪獸！

外型雖然像人，身上卻混雜龍、獅子等其他生物的部位，是隻有如合成獸的怪獸！而且比我腳下的偉大之紅還要大！

啊！我想到了！那是在那個擬似空間裡，誕生自「魔獸創造(annihilation maker)」的巨大反制怪獸！夏爾巴那個傢伙用了什麼邪術創造出來的那個！

……我看向後方，可以看見遠方的都市。我知道了。這個怪獸正在朝那個都市前進。

夏爾巴那傢伙在反制怪獸當中，注入的詛咒是破壞冥界的都市！

話說那個傢伙已將周邊破壞殆盡。地面上冒出無數大型隕石坑，山地、森林、建築物全都潰不成形。在那個空間當中誕生的不只一隻……這裡只有一隻，表示除了這個傢伙以外的不是全被打倒，就是在破壞其他的城鎮……我有不祥的預感……！

真是混帳！夏爾巴那傢伙實在是個下三濫的真魔王！解決他果然是正確選擇！

不過，那隻怪獸該怎麼處理……正當我在偉大之紅的背上思考這個問題時，葛瑞菲雅映入我的眼中！哎呀呀，葛瑞菲雅！她好像在……和一群散發著非比尋常的氣焰的人一起對抗那隻怪獸……？

難道他們就是瑟傑克斯陛下的路西法眷屬嗎……？如果是的話就說得通了。他們散發出來的感覺和氣焰都相當不同凡響！

而且有個身穿新撰組日式外衣，看起來很像日本武士的人，大概就是瑟傑克斯陛下的「騎士（knight）」吧？

啊，麒麟炎駒也在！

『那群人各個都是高手……所有人的力量都非同小可。』

德萊格感嘆地開口。

我也這麼覺得。該不會即使由那幾位對付那隻怪獸，也陷入苦戰吧？

我怎麼看都不覺得那隻怪獸身上有明顯的傷勢。不過他們幾位看起來也不像被打得很淒慘就是了。

那隻怪獸發現我們了！六顆眼珠全都盯著我們，而且一發現我們就立刻露出敵意！不過偉大之紅也很巨大，引人矚目也是理所當然！

『…………什麼？這番話是認真的嗎……？』

嗯？德萊格在和某個人對話？怎麼了嗎？

『……喔，是偉大之紅表示：「那隻怪物瞪了我讓我很不高興。」……』

原、原來如此，牠觸怒了赤龍神帝大人吧。牠的確是一直瞪著我們。沒想到偉大之紅會介意這種事……個性真像不良高中生。平時喜歡在次元夾縫裡悠遊，理由會不會也和混混喜歡騎機車狂飆的心情很像？……真的是和平的龍嗎？

『所以，搭檔。偉大之紅表示願意助我們一臂之力，叫我們一起打倒那個怪物。』

德萊格隨口說出這麼不得了的事！

打倒牠？打倒那個大怪獸？而且還把我也算在內！

可、可是要怎麼打？以葛瑞菲雅為首的路西法眷屬全體出動也打不倒的對手，就算我變成真「皇后(queen)」也打不倒吧？

中級惡魔升格考試之後，老師稱讚我的力量比起上級惡魔，甚至是更高層級的惡魔也毫不遜色。真「皇后(queen)」的我還可以和禁手(balance breaker)狀態的塞拉歐格打個勢均力敵。老實說，我也覺得自己如果和最上級惡魔對戰，也可以留下不錯的成果。

但是惡魔當中屬於最強等級的路西法眷屬都打不倒的怪獸，我肯定也沒辦法對付！

面對這個不合理的要求，我不由得冷汗直冒。這時——奧菲斯開口：

「沒問題的，德萊格和偉大之紅合體就行了。現在的德萊格的身體，在某種層面上和真龍一樣。可以合體。」

德萊格……是指我吧。有時候我會搞不懂她在叫誰——等等，合體？

我……和偉大之紅合體——？什麼意思？我現在的身體是借用了部分偉大之紅才得以重生，所以可以合體？這麼誇張的事，怎麼可能——

從奧菲斯的話中，我無法判斷她是開玩笑還是認真的，但是……偉大之紅的身體突然發出耀眼而神聖的紅色氣焰！

……好驚人的亮度……！紅色的氣焰將附近一帶染成一片紅！

然後我的身體也籠罩在龐大的紅色光芒當中——

……嗯？我睜開眼睛——竟然有隻怪物在我眼前！

嗚哇！為什麼籠罩在那陣紅光當中之後……醒來便發現怪物近在眼前啊！等等……嗯？我看向眼前的怪物，內心覺得訝異……我看過這隻怪物。可是我對那隻怪物的印象，牠應該更加巨大……

眼前的怪物和剛才瞪了偉大之紅的超大型怪獸極為相似。眼睛也有六個，有如合成獸的外觀也一模一樣。

『你醒啦，搭檔。』

我聽見德萊格的聲音。是啊，我醒了。不過為什麼眼前會有隻和那個怪物這麼像的生物？而且從視線高度來看大小和我差不多……？不，應該比我高兩個頭吧。

『那是當然——因為你變成巨大尺寸了。』

——！德萊格的說明讓我一時語塞，接著為之驚訝！

咦！咦？咦——！

我低頭一看，腳邊是都市連接郊外的道路，還有許多看似微縮模型的建築物。其他還有森林和河川，但是看起來只是等比例縮小的立體模型……

我觀察自己的全身！身上是赤龍帝的鎧甲（boosted gear scale mail）！這個沒有錯！

轉頭看向後方，看見那個都市……咦？也、也就是說，我真的……

「我真的變大了嗎————————啊啊啊啊！」

我震驚的喊叫在附近迴盪！那是當然！這是怎麼樣！我真的變成巨大的禁手（balance breaker）狀態嗎！

啊，是葛瑞菲雅他們！他們在看我！話說他們也好小！乍看之下，葛瑞菲雅和玩具人偶沒兩樣！

我真的巨大化了！

『是啊，是真的。你終於理解啦。偉大之紅不是說要助你一臂之力嗎？就是這麼回事。

以偉大之紅的大小重現你的模樣。正如同奧菲斯所說，是合體。而且是巨大化的合體。』

巨大化……合體……！可惡！為什麼我得和一隻超大隻的龍合體！真要合體我想和莉雅絲或是朱乃學姊──等等！

吼嘎────────────────────！

眼前的怪獸放聲咆哮，直線朝我衝來！牠的腳步引發地鳴，踢開腳邊的景物，一路對我發動攻擊！

混帳！我該怎麼辦！快點告訴我，德萊格！

『要做的事沒什麼不同。你可以像平常一樣活動身體。偉大之紅基本上把行動權限都交給我們了。你只要當成身體變大就好。』

原來如此，真是淺顯易懂！

既然如此事情就簡單了！我對準朝我衝來的怪獸打出右直拳！隨著尖銳的聲音，我的直拳正中那個傢伙的臉！

怪獸因為這一拳失去平衡。我看到牠低下頭，還以為剛才那拳造成不小的傷害……卻看見牠齜牙咧嘴，看起來相當兇暴的口中有搖曳的火焰！

──牠想吐火嗎！

『搭檔，牠的火焰如果噴向都市地區應該會造成損害吧。這時閃躲好像不太妥當？』

這種事我知道，德萊格！既然不能閃躲——

我向前伸出右手，擺出神龍彈的架式。

……正好。讓我在這裡展示改良過後的招式吧！

轟嘩——！

怪獸吐出質量巨大的火球！要是讓那種東西擊中都市，不知道會造成多麼嚴重的傷亡！

那個城鎮當中搞不好還有小孩！我怎麼可以閃躲！

「去吧——！」

『BoostBoostBoostBoostBoostBoostBoostBoostBoostBoostBoostBoost!!』

我對準火球，發出經過倍化的魔力攻擊！

在火球和我的神龍彈即將相撞之際，我在心中用力指示！

「轉彎吧——！」

神龍彈呼應我的喊叫改變軌道，彷彿棒球的變化球——指叉球一樣急速下墜！

——就是現在！

「接下來往上飄！」

我將右手向上伸！已經發射的神龍彈在下墜之後又改變軌道飛往正上方！這招的概念來自瑟傑克斯陛下的必殺技！親眼見識過那招之後，我就一直偷偷練習！練習該如何控制發射出去的神龍彈！

——神龍彈鑽到怪獸吐出的火球下方，一口氣將它向上推升！

磅！

劇烈的撞擊聲響起，我的神龍彈將火球帶往上空。兩股強大的力量飛過空中持續上升。最後兩個球體在高空劇烈爆裂。由於質量極為龐大的東西爆炸，火焰占據整片天空。

魔力與火焰消滅的衝擊，化為強風吹襲下方。

……那種東西如果襲擊都市地區，肯定會造成大災難！整個都市都會化為一片火海！

怪獸再次放聲咆哮，又朝我衝過來！但是這種衝撞不足以讓我害怕。我親身經歷過更猛烈、雄壯、可怕的衝撞攻擊！

這和獅子王的衝撞攻擊相比，根本不算什麼！

「喝啊————！」

我迎向朝我衝來的怪獸，對準牠的臉部又是一拳！這次我要一口氣打垮牠！先是揮拳打臉之後，再以迴旋踢攻擊牠的頭側！還沒結束！

——就在這時，牠的眼睛閃過詭異的光芒！

『牠想從眼睛射出光束！』

德萊格如此大喊。光束是吧！我立刻轉身躲過那道光！身為惡魔，光是我的弱點——等等，現在的我也不知道算不算是惡魔吧？

總之那個無論如何看起來都很危險，還是先閃再說！

怪獸的六隻眼睛發出的光線擦過我的身體，掃過後方的地面。瞬間——

隆————！

隨著巨大的爆炸聲響起，地面也劇烈搖晃。我看了過去，只見地面裂縫一直朝遠方的地平線延伸而去，裂縫當中還竄出大質量的火焰！

……開什麼玩笑！威力強到足以改變地形嗎！要是讓牠一直隨意射那種東西，冥界就要被毀滅了！

『……搭檔，偉大之紅有個好消息要告訴你。』

是什麼，快說！

『有個大絕招。那招若是成功肯定會贏。』

這個好！我就是想要這種！

『問題是如果在這裡出招，附近將會消失殆盡——聽說那招的破壞力就是這麼誇張。』

真的假的！……既然赤龍神帝大人都這麼說了，想必真的很不得了吧。若是要使用那招，得將牠拋向空中之後再出招囉？

『是啊，大概只能這樣了。』

……也對。所以問題變成──要怎樣才能出招了。我在腦裡以自己的方式思考作戰計畫時，看見出現在視野角落的人影，得到一個結論。

那個人那麼厲害，應該辦得到吧！我對葛瑞菲雅喊話！

「葛瑞菲雅！妳聽得見嗎？是我，我是一誠！」

聽見我的聲音，葛瑞菲雅飛上天空，來到我身邊。

「一誠先生……？這個巨大的赤龍帝果然是你本人囉？你沒事真是太好了。」

「是、是的！謝謝妳！」

「不過，你怎麼會變得這麼巨大？」

葛瑞菲雅一臉詫異地看著巨大化的我……但是現在沒空說明！

「葛瑞菲雅，巨大化的事晚一點再向妳解釋，現在有件事要先拜託妳──我有辦法打倒那個怪獸。請妳幫我一個忙！」

聽到我的提議，葛瑞菲雅的神情一變，露出戰士的表情……莉雅絲的大嫂真是英姿煥發又美麗！

「說吧。我──不，我們該做什麼？」

「是的，你們能不能把他打飛空中？如果你們辦得到，我就能向上發出特大攻擊！」

聽到我這個稱不上作戰計畫的提案，葛瑞菲雅笑著回應：

「原來如此，真是簡單明瞭的計畫。而且你說的『特大攻擊』更令人覺得值得信賴——就這麼辦吧。如果辦不到，我還算什麼路西法眷屬的『皇后』！」

同意我的計畫，葛瑞菲雅飛了出去！圍繞在她身上的氣焰濃密又強大，我們簡直比不上！空氣為之震盪，感覺就連大氣也產生扭曲！

葛瑞菲雅向同伴們下達指示：

「總司！砍斷『超獸鬼』的腳！」

身穿新撰組日式外衣的日本武士聞言之後回應：

「我知道了，葛瑞菲雅大人。」

日本武士發揮神速，逼近怪獸腳邊——好快。應該……比木場還要快吧？

名為總司的日本武士將手放到掛在腰際的日本刀上——

瞬間萬物皆寂。當我發現到時，怪獸的右腳已經從膝蓋斷裂。

……我完全沒看見他拔刀……可是那個身段和動作，都和我認識的那個傢伙很像。難道木場的師父就是——

正當我的腦中閃過這個想法時，葛瑞菲雅和其他路西法眷屬接近身體懸空的怪獸。他們圍繞在倒地發出巨大地鳴的怪獸身邊，以牠為中心展開魔法陣。

……砍斷的腳已經開始再生！傷口冒出噁心的觸手，試圖將膝蓋以下的斷肢拉回身上。

而且速度非常快！

如果不加快動作，這個該死的怪獸又會站起來！

就在此時，以葛瑞菲雅為中心的術式看似完成，怪獸底下有個超巨大魔法陣在發光！

「我要將牠向上拋了，一誠先生！」

葛瑞菲雅如此大喊！剎那間，魔法陣發出衝擊，將巨大的怪獸高高拋向上空。

好啊！那個傢伙飛上天了！來吧，德萊格，準備使用那招特大的必殺技吧！

『好！包在我身上！』

德萊格如此回應之後，我的——赤龍帝的鎧甲（boosted gear scale mail）的胸口部分發出金屬聲響開始滑動，露出某種發射口。

這是——

『……Longinus smasher。照理來說，原本是不應習得的禁忌招式。』

德萊格以低沉的聲音表示。

……Longinus smasher。我記得好像有哪個夥伴對我說過，發動「霸龍（juggernaut drive）」時的我用這招，一砲轟飛夏爾巴。

算了！若是能夠打倒那個傢伙，我也只能出招了！

嗡————！

平靜的鳴動。令人難以置信的強大氣焰逐漸聚集到我胸前的砲口。

……太強了，真紅破壞砲和現在聚集到發射口的氣焰相比，簡直是小巫見大巫！這就是偉大之紅的力量嗎！

上空的怪獸的腳即將再生完成……但是我的蓄力程序也勉強趕上！

浮在空中的怪獸。牠在空中把臉轉過來，準備從眼中和口中分別發出光束和火焰——

但是我比較快！瞄準空中的那隻怪物！絕對不會失手！

「Longinus smasher——————！」

嘶轟——————————————！

在我大吼的同時，強力、極大、極粗的紅色氣焰砲擊隨之發射！

這時怪獸的光線和火焰也正好要發出，但是偉大之紅的強烈氣焰將這一切全都淹沒——

氣焰廣大的範圍、龐大的威力，將整個天空染成一片紅——

…………

氣焰砲擊結束後，我看向天空——怪獸已經消失得無影無蹤。

……太強了，這就是赤龍神帝的威力啊。我好像從剛才開始就一直說很強很強，但是真的太強了！

嘩…………

剎那之間，我的身體發出赭紅色的光芒——

…………

等我回過神來，視線的高度再次改變！

我環顧四周，身邊的景物都是我印象中的比例。樹木、建築物，看向一切的視線高度都和以前一樣！這就表示——

我再次確認自己的大小！啊，變回原樣了！

我們的身體再次恢復原本的尺寸。我不經意地仰望天空，看見一隻巨大的紅龍——偉大之紅。

偉大之紅看著我……應該說是看著德萊格？

偉大之紅的眼睛一亮，空中便產生扭曲……他打算開啟次元縫隙嗎？

扭曲逐漸擴展，變成偉大之紅進得去的大小。洞穴的另外一邊可以看見次元夾縫有如萬花筒的空間。

偉大之紅又看了我一眼，張開大嘴。

這是我第一次聽見偉大之紅的聲音。

〈——陷陷陷陷呀啊——〉

——！

……怎、怎麼會這樣……！連偉大之紅也把這個掛在嘴邊！真的，拜託你們饒了我吧！

啊！說完這個就打算返回次元夾縫！太過分了吧！

〈陷陷陷陷呀啊——陷陷陷陷呀啊——〉

牠在鑽過次元洞穴的同時，還是把那句歌詞掛在嘴邊！而且還唸個不停！反覆唸著「陷陷陷陷呀啊——」的偉大之紅就這樣消失在次元裂縫中。

走、走了！那是什麼意思——！

『沒聽見。人家才沒聽見說了什麼勒——』

勒——什麼！還人家！德萊格已經逃避現實到改變語氣！

「陷陷陷陷呀啊——」

不知不覺間，連身旁的奧菲斯也把那句歌詞掛在嘴邊！

「夠了！為什麼傳說之龍還有和龍扯上關係的傢伙，都這麼喜歡那首歌啊————！」

和偉大之紅合體，藉此打倒怪獸的我……對於赤龍神帝糟糕至極的告別方式，也只能如此吶喊。

○●○

「舒適。」

…………變身為禁手的我飛在空中。奧菲斯坐在我背上。坐在別人背上還一副那麼舒服的樣子。

我打倒那個大到不行的怪獸之後，把剩下的事交給葛瑞菲雅處理，自己前往都市地區。在偉大之紅背上看見都市時，感覺到莉雅絲和夥伴們的氣息。

如果我的感覺沒錯，大家應該都過來這裡才對……不過街上到處冒著黑煙是怎麼回事！話說從空中也看得見建築物和道路遭到破壞。

都市當中杳無人煙。也對，既然那隻怪獸過來，大概是對整個都市地區發布疏散警報之類的吧。所以才會沒有半個人。可、可是為什麼那些建築物會被破壞？在葛瑞菲雅他們的努力之下，應該勉強把怪獸擋在都市區外圍了。

『會不會是舊魔王派的殘存分子趁亂在街上撒野？或是英雄派那些人。』

原來如此。你說得或許沒錯。應該說八九不離十。那可是夏爾巴．別西卜曾經待過的組織。會趁亂搞破壞也不意外。

「……在西邊。」

背上的奧菲斯告訴我。

「西邊？」

聽到我的問題，奧菲斯回答：

「那邊，名叫愛西亞、伊莉娜的兩個人在那裡。」

真的假的！這個傢伙記住愛西亞和伊莉娜的氣息了？不過這樣也好。有奧菲斯大人在真是太方便了！

我拍動龍之翼，飛向奧菲斯指示的方向。

沿著這個方向前進幾分鐘——我切身感覺到懷念的氣焰。

錯不了，就是這個！肯定就是！

明明才分開一小段時間，卻讓我有種恍若隔世的感覺。

我繼續向前飛，在一個冒著煙的地方看見好幾個人影。有了有了有了！

莉雅絲！愛西亞！朱乃學姊！小貓！木場！潔諾薇亞！伊莉娜！羅絲薇瑟！連匙和蒼那會長都在！阿加……好像昏倒了。

啊，塞拉歐格和那隻獅子也在！

我從空中再次確認大家的臉，然後在中央降落！大家也看到從空中飛來的我。

終於到了！

「兵藤一誠！在此歸來！」

我對著大家大喊！各位，我回來了！

……等等，奇怪？怎麼？「你終於回來了！」、「等你好久了！」之類的發展呢？

我不禁環顧四周——大家好像都愣在原地……呃，嗯——怎麼都是一臉不知道發生什麼事的樣子，各位……

啊，貞德也在。是英雄派！海克力士也倒在地上！難道大家剛才是和英雄派交戰嗎？

倒是沒看到曹操……貞德也看著我發愣。

『大概是不認得你吧？』

——德萊格如此說道。但是……真的假的，會有這種事嗎？

總……總之，說點比較像我會說的話好了。

我收起頭盔的面罩，露出臉來，帶著僵硬的笑容開口：

「呃——胸部！我騎著偉大之紅回來了！」

就在我這麼大喊的瞬間。

「一誠！」

「一誠先生！」

「一誠！」

「一誠同學！」

「一誠學長！」

「一誠！」

「一誠！」

「是一誠啊！」

「兵藤同學！」

「兵藤，你還活著！」

莉雅絲、愛西亞、朱乃學姊、木場、小貓、潔諾薇亞、伊莉娜、羅絲薇瑟、蒼那會長、匙紛紛叫出我的名字。

喂喂喂喂！你們還得靠胸部兩個字來確認是不是我喔！我在你們心目的形象就是這麼過分嗎！

在我再次確認自己的定位，大受打擊時——

愛西亞、小貓、朱乃學姊衝到我的身邊抱住我。

「一誠先生！一誠先生一誠先生一誠先生一誠先生！」

「學長……回來就好。」

「……拜託，不要再丟下我……我不想再留在沒有你的世界……」

哎呀呀，她們都開始大哭特哭。

「嗯，我沒哭。我選擇的男人怎麼可能會死。」

「什麼嘛！妳明明就在哭！我不會逞強，要哭個痛快！嗚哇——————！」

潔諾薇亞和伊莉娜也是淚眼汪汪。謝謝妳們擔心我！

「你真的沒事啊。果然厲害。而且鎧甲底下有身體吧？」

羅絲薇瑟對於我的歸來，則是又驚又喜。

「喔，是啊，我在次元夾縫當中發生了很多事，身體也重生了。」

啊啊，原來如此。聽羅絲薇瑟這麼說我就懂了。他們原本覺得我死了吧。

這也難怪。畢竟我中了薩麥爾的詛咒，肉體也真的毀滅過一次。而且又只有棋子回到大家身邊。難怪大家會覺得我死了。

……不過我還是活著回來了。

莉雅絲流著淚走到我身邊。她伸手貼著我的臉頰，輕聲說聲：

「……回來就好。」

莉雅絲的手傳來她的溫暖。啊，就是這個。這種溫暖就是我愛的女人的體溫……肉體能夠重生真是太好了。碰不到女體實在太難受了！

話說莉雅絲的胸部變回原本的大小了！用了那招恢復氣力的乳力（new power）害得她的胸部萎縮，我原本還很擔心，太好了太好了！這下子我就放心了！

莉雅絲的胸部果然還是要有這個尺寸才行！

我將自己的手，疊在最愛的人撫摸我的臉頰的手上。

「那當然。有妳——和夥伴們的地方，才是我該活下去的地方。」

這時有個傢伙「啪！」打我的頭。回頭一看——是匙。而且他正在嚎啕大哭！

「嗚哇——！你這個混蛋——！你知不知道！你知不知道我聽說你死了之後怎麼了——！」

唉呀，哭到流鼻水了。我自然而然摸摸匙的頭。不好意思，我還活著喔。

「當看似偉大之紅的龍出現在上空時，我就在猜會不會是這麼回事……真有你的。」

塞拉歐格站在稍遠的地方舉手致意，對我露出微笑。

「啊！」

——！有人叫了一聲。我看向聲音傳來的方向——貞德露出被人攻其不備的表情。

「不好意思，誰叫妳因為一誠同學的出現破綻百出，我趁機把小孩救回來了。」

木場在遠處抱著一個小男孩。

發生什麼事了嗎？貞德抓住那個小孩當成人質嗎？嗚哇！我完全沒發現！

我和拯救小孩的木場四目相對。

「……歡迎你回來，一誠同學。多虧有你，我才能救回這個孩子。不愧是英雄。看你好像沒什麼變，真是太好了。不過再怎麼樣我也沒有想到你會和偉大之紅一起過來。」

真是的，還是一副爽朗的型男表情。不過我放心了。既然你還是這個態度，那麼我不在的時候，吉蒙里隊一定沒問題吧。

貞德惡狠狠地瞪著我：

「……沒想到夏爾巴的奸計居然沒殺死你。你真是太可怕了，赤龍帝。」

「多謝誇獎——那麼妳打算怎麼辦？要和我們打嗎？」

聽到我的挑釁，貞德從懷中拿出某種像是手槍的東西和一個小瓶子……她想射擊戰嗎？不，那把手槍的前端有針！是注射器嗎？

然後那個小瓶子是不死鳥的眼淚吧！她想恢復嗎！

「一誠同學，小心一點！那是可以大幅加強神器(sacred gear)能力的東西！」

木場如此說明。原來如此，是這種藥劑啊。不知道是怎麼做出來的，不過施打了那個之後，貞德就會變強吧。

貞德將針頭對準自己的脖子：

「……第二次用會縮短不少壽命，還是不得不用。」

如此說道的她以眼淚療傷，並將針頭刺進脖子。下一秒鐘，貞德的身體大幅鼓動！貞德身上散發的壓力變得更為沉重，臉上的血管接連鼓起！

光看就知道那個強化方式相當勉強。那種藥劑到底是用什麼東西製成的？

貞德的身體搖搖晃晃，同時笑道：

「……這樣就對了。我感覺到力量逐漸高漲！」

在她大吼的同時，腳邊冒出無數的刀刃！是聖劍！貞德的神器（sacred gear）是聖劍創造（blade blacksmith）！能夠創造任何聖劍的能力！而且她還得到以聖劍形成龍的禁手（balance breaker）！

但是貞德正在建構的不是龍——聖劍並未形成聽她使喚的龍，而是逐漸覆蓋在身上。

……貞德被大量的聖劍包圍！

接著出現在我們眼前的——是以聖劍形成的大蛇！不，貞德的上半身從頭的部分露出來！下半身已經和巨大的蛇同化……

看起來就像那種名為拉米亞的蛇女魔物！聖劍形成的拉米亞！

「變成那個狀態的她很難對付。攻擊、防禦、速度都比使用禁手（balance breaker）之龍時還要強。」

潔諾薇亞如此說道。她和那個打過啊。這麼說來，貞德也說她是第二次用那種藥劑。所以她已經和潔諾薇亞打過囉。

「呵呵呵，我不太喜歡這個模樣，但是可以變強倒是真的。在曹操過來這裡之前，就讓我用這招逃離你們吧！」

話聲剛落，貞德立刻準備逃跑！她真的想逃啊！

不，都到了這個地步，我不會讓她逃跑！

我提升腦中的妄想力，準備使出那招！接著解放腦裡的意象，對著貞德展開神秘的夢想空間！

——那麼，就讓我使出很久沒用的這招吧！

『乳語翻譯（pilingual）！』

我對著貞德的胸部出招！接下來是這個！提問時間！

「嘿！貞德的胸部！妳接下來到底要做什麼？」

聽到我的問題，貞德的胸部吐露心聲！

『這個嘛——我打算破壞路面，想說逃到下水道這樣——』

哎呀，沒想到她的胸部是辣妹風，挺可愛的！不對，她想逃進下水道嗎！休想得逞！

貞德扭動聖劍形成的蛇腹，輕快挪動蛇的下半身——並且創造出特別巨大的聖劍，準備插向地面，但在這時我也衝了過去！

我以從旁突襲的要領使出下一招必殺技！這招最著重的也是想像力！首先觸碰對手的身體！然後再次解放腦裡的妄想！

沒錯，我腦中描繪的意象是——全裸！

『洋服崩壞（dress break）！』

我擺出自認帥氣的姿勢喊出招式名稱，包住貞德下半身的巨大蛇型聖劍也同時發出脆弱的金屬聲響，開始分解！

只要身為女性，這招就是無往不利！

貞德的衣物也順便炸開了！大姊姊的裸體！存在腦中了！

「……太差勁了。」

同時也得到小貓大小姐的嚴厲吐槽！這是每次都要有的！

「……怎麼可能！」

我朝著裸體的貞德打出結束戰鬥的神龍彈——

「你借用奧菲斯的力量……以偉大之紅的身體的一部分讓肉體重生了？」

如此驚叫的……是羅絲薇瑟。

打倒貞德之後，我把事情的經過大致告訴大家。大家都相當驚訝，但是羅絲薇瑟對於發生在我身上的事最為訝異。

「……我覺得你應該還活著……但是沒想到你居然藉由這麼脫離常軌的方式獲救……該說是完全超出能夠預料的範疇……」

不，話說我發現自己在偉大之紅背上時，也是嚇了一跳。

「——吸引強者的能力竟然厲害到這種程度，真叫人害怕。我原本是來參觀怪獸毀滅首都莉莉絲的情景，沒想到卻看到你和偉大之紅一起現身。」

——！有別的聲音對我們說話！

我轉過頭去——看見來者是曹操！

他手上依然拿著長槍，瞇著眼睛看著倒地的同伴。

「……才過了短短幾天就被超越了。吉蒙里眷屬的成長率實屬異常……海克力士就算了，貞德應該用了『魔人化（chaos break）』才對……不，看樣子她應該用了兩次。是不是使用兩次會出現不良影響……」

與其說是在擔心同伴，看起來還比較像是一邊自言自語、一邊摸索同伴被解決的理由。

要說很像這個傢伙的作風是很像。

這個傢伙一現身，圍繞大家的氛圍瞬間為之一變。在場的所有人都實際體會，或是預料這個傢伙有多強吧。

接著他把視線移到我身上……眼神當中不像之前帶著充滿興趣的神采，反而像是在看什麼異物，是種很討厭的眼神。

「……你回來了啊，兵藤一誠。根據我從舊魔王派那邊得到的情報，夏爾巴·別西卜應該帶著塗有薩麥爾之血的箭。」

「是啊，我中招了。身體還一度崩解，但是幸好偉大之紅碰巧經過，助我一臂之力，使我的肉體重生……當然還有前輩們和奧菲斯的協助才得以實現就是了。」

前輩們的殘留意念全都消失了。雖然告別的方式那麼誇張，不過我……還是滿心感謝。說服他們時那麼辛苦，在那之前更是隨時都有失控的危險，儘管如此，即使時間不長，我們還是彼此理解。

——我好想多和他們聊聊。

我原本還以為他聽了我的回應之後，會說些什麼挖苦人的話……然而那傢伙只是眼角抽搐。我還是第一次見到那傢伙露出那種表情。

「……難以置信。中了那種毒，你能獲救的可能性根本是零。然而你卻藉助偉大之紅的力量重生身體，自行回到這裡……！遇見偉大之紅更不是碰巧兩個字可以解釋的事……！」

……他好像帶著難以置信的表情，一個人不知道在碎碎唸些什麼……

總之他目前散發的氣息，不像是會立刻發動攻擊。正好。我也有事要做。

我面對莉雅絲說聲：

「莉雅絲，請讓我再次成為眷屬。」

沒錯，現在的我身上沒有惡魔棋子(evil piece)。沒有莉雅絲給我的棋子。

這樣的我不算真正重生。

——接受這個人的、我愛的女性的棋子，我才能變回原本的我。

莉雅絲從懷中拿出惡魔棋子(evil piece)——八顆鮮紅色的「士兵(pawn)」棋子。

莉雅絲將「士兵(pawn)」棋子遞向我——

棋子在我的胸前發出更加耀眼的光芒之後，靜靜沒入我的體內。

莉雅絲的唇——疊上我的唇。我順勢將莉雅絲摟住。

——我再也不會離開這個女人身邊了。我要和這個人一起活下去。

「——和我一起活下去吧。」

她帶著微笑開口，一種鮮紅、火熱又令人懷念的感覺回到我的身上。我在體內感覺到棋子的搏動、力量。啊，如此一來就湊齊了。如此一來我又能以吉蒙里眷屬的「士兵(pawn)」兵藤一誠的身分戰鬥！

「是，我會和莉雅絲一起活下去——因為我的夢想是成為最強的『士兵(pawn)』。」

我堅定地如此宣言。沒錯，我要和這個女人——這群夥伴一起活下去！一起得到幸福！

重新調整心情之後，我用力拍了一下自己的胸口！

「好，馬上就和我融合！不愧是我的棋子！」

不管是曹操還是誰，儘管放馬過來！就在我重振氣勢之時——視野的角落突然出現詭異的波動。

我把視線移過去，馬路的一角冒出黑色的霧氣——接著是一把看似鐮刀的武器從裡面冒出來！

現身的是一個身穿裝飾華麗的長袍、面戴小丑面具的人——

我見過他。是在那個擬似空間攻擊我們的最上級死神……普路托！

〈好一陣子不見了，各位。〉

曹操因死神出現而嘆了口氣。

「普路托，你為什麼會來這裡？」

看來他不知道普路托為什麼現身。普路托向曹操點頭致意：

〈這是黑帝斯大人的命令。大人吩咐如果奧菲斯出現，無論如何都要搶過來。〉

——！那個傢伙的視線落在跟在我身邊的奧菲斯身上……這傢伙，不對，黑帝斯到現在還想要這個奧菲斯嗎！她的力量被搶走，都已經不是無限了！到底對她有多麼執著！

「我來對付你吧——最上級死神普路托。」

——！又有個之前不在現場的人出聲了！這次又是誰來了！

等等，我記得這個聲音！應該說根本忘不掉！會大大方方說出這種充滿戰鬥意識的台詞，在我認識的人當中屈指可數！

帶著光之翼在我們和曹操與普路托之間從天而降——是身穿純白鎧甲的男人。

「你果然回來了，兵藤一誠。」

「瓦利！」

沒錯，就是瓦利！真是的，為什麼這些和我敵對的傢伙會接二連三地現身！

該不會是趁我復活時來個大集合吧！正當我因為接踵而至的事件感到頭暈時，瓦利在我眼前對普路托開口：

「在那個飯店擬似空間吃了虧，我一直很想發洩一下。原本我還在煩惱對象該挑黑帝斯還是英雄派，後來決定把黑帝斯交給阿撒塞勒和美猴他們。在等英雄派現身時，才發現吉蒙里眷屬已經先動手了。既然如此，我能夠一吐怨氣的對象只剩下你了，普路托。」

瓦利說得無所畏懼。雖然表情依然是平常的撲克臉，但是語氣當中可以聽出憤怒。

這個傢伙應該也是滿懷不滿吧……

普路托轉動鐮刀，對準瓦利：

〈聽說你將芬里爾送到黑帝斯大人身邊啊。我剛才接到聯絡了。牠那能夠殺神的獠牙對神而言是一大威脅——你居然用這種可惡的方式進行牽制。〉

「畢竟我就是為了這種緊要關頭，才帶走芬里爾的。」

〈你的思想太危險了，竟然想和各勢力的神交戰。〉

「沒有那種程度的談判籌碼，又怎麼正面對付神佛？」

〈也罷。不過你繼承了真魔王路西法的血統，又是白龍皇，沒想到我得和這樣的對手對峙……活得久還真的不知道會發生什麼事——打倒你想必能夠讓我的靈魂提升到至高無上的頂端吧。〉

……他接受了！白龍皇對傳說中的最上級死神！

瓦利將頭盔變回原本的狀態：

「兵藤一誠似乎說服了天龍的歷代持有者，但是我不一樣。」

隆！

瓦利身上突然冒出特大的氣焰！這、這個傢伙！從一開場就打算使出全力嗎！他朝四周釋出質量大得離譜的氣焰！

「——讓你們見識一下完全封鎖歷代持有者意識，『霸龍(juggernaut drive)』的另一種姿態吧。」

他展開光翼，釋放大量魔力。純白鎧甲被神聖光輝圍繞，位於各部位的寶玉——

「吾，乃覺醒者——乃將律之絕對墮於黑暗之白龍皇也——」

疑似歷代白龍皇持有者的意識，透過我的寶玉流進腦中。

『窮究天龍之極！』

『行白龍之霸道！』

『吾等將克制無限、吞噬夢幻！』

他們所說的不再是怨恨與忌妒，而是充滿壓倒性的純粹鬥志——他們透過戰鬥這種意識彼此理解了嗎？

「穿越無限的破滅及黎明的夢想而行霸道——吾，當成無垢的龍之皇帝——」

瓦利的鎧甲外形有了些許的變化，開始散發銀白色的閃光。

「領汝走上白銀的幻想及魔道的極致。」

『Juggernaut Over Drive!!!!!!!!!!!!』

出現在那裡的，是身穿銀白色鎧甲，散發極大氣焰，怎麼看都是不同次元的存在。在他身邊的公共設施、車輛明明沒碰到他，卻全都凹了下去！他光是用身上散發的氣焰，就可以破壞四周嗎！

我一看就懂了。啊，這個傢伙果然是怪物。我辛辛苦苦說服的歷代持有者殘留意識。還有因為危及性命捨棄的「霸龍（juggernaut drive）」。這個傢伙只憑自己的才能就把這兩者納為自己的力量，而且使其昇華——

……這就是我的宿敵。嘿嘿嘿，太誇張了。我再次體認到自己立誓要進行決戰的對手，是個危險至極的傢伙——

「——『白銀的極霸龍(empireo juggernaut over drive)』，與『霸龍(juggernaut drive)』相似卻又不同，只屬於我的強化型態。你就用身體牢牢記住這股力量吧！」

瓦利如此放話，普路托則是揮舞鐮刀砍向他。普路托以快到足以產生殘像的速度到處移動，揮舞紅色刀身的鐮刀！

普路托是能夠和老師對戰的強者！千萬不能大意——

啪唧！

脆弱的金屬聲在我眼前迴響——因為普路托往瓦利身上招呼的鐮刀，被瓦利輕而易舉地一拳粉碎！

……只用一拳就破壞那把散發邪惡氣息的鐮刀……！

〈！〉

普路托十分驚訝，這時一記銳利的上鉤拳打在他的下巴。劇烈的打擊聲響起，普路托被打飛到上空！

瓦利對普路托舉起右手，握起原本張開的手。

「——壓縮吧。」

『Compression Divider!!!!』

『DividDividDividDividDividDividDividDividDividDividDividDivid!!』

飄在空中的普路托——身體被縱向壓縮一半，又被橫向壓縮。接著又被縱向壓縮——轉眼之間，普路托的身體的體積變成一半又變成一半，逐漸縮減！

〈怎麼可能有這種事……！怎麼可能有這種力量……！〉

普路托如此大喊，似乎無法相信發生在自己身上的事——然而瓦利毫不留情地宣言：

「——滅亡吧。」

被壓縮到肉眼看不見的大小，那個死神的體積終於到了無法確認的程度。最後在空中產生震動之後，普路托完全消失。這就是那個死神的末路。

最上級死神普路托從這個世界上消失，沒有留下任何一點痕跡——

從白銀變回普通的禁手(balance breaker)狀態，瓦利用力喘氣……沒讓對方有還手的餘地就打倒那個死神……！

看他的模樣，那個狀態的消耗應該相當龐大。不過足以秒殺普路托倒是無庸置疑。

——這就是瓦利對「霸龍(juggernaut drive)」所得到的答案嗎？

以目前來說，顯然遠遠強過我的真「皇后(queen)」。

……瓦利那個傢伙，到底還要變得多強啊。我的夥伴們也因為瓦利與我們天差地遠的實力而語塞。只有塞拉歐格露出開心的笑容。

「……二天龍真是太可怕了。」

一邊開口一邊走來的人——是曹操。

「瓦利，看來我在那個空間沒讓你使用『霸龍(juggernaut drive)』是正確的。」

曹操如此稱讚瓦利……但是那個傢伙只是嘆氣：

「『霸龍(juggernaut drive)』在破壞這方面相當優秀，卻伴隨喪命和失控的危險。剛才我展現出來的型態盡可能排除那些危險，而且和『霸龍(juggernaut drive)』不同，那還有成長空間。曹操，你最大的失誤就是沒有在有機會時解決我。」

瓦利這番話讓曹操無言以對。那個傢伙——曹操的視線移到我身上：

「我想確認一件事——兵藤一誠，你是什麼？」

……就算你這麼問，我就是我。面對陷入苦思的我，曹操歪頭表示不解：

「不管怎麼想我都覺得很奇怪。能夠自己回來這裡的你是個無法形容的存在。你早已超越天龍，然而又不能套用真龍、龍神的概念……正因為如此，我才想不通你到底是——」

「那麼把我當成胸部龍就好了。」

因為太麻煩了，我乾脆如此回答。那個傢伙瞬間一愣——立刻露出苦笑點點頭：

「……原來如此，說得也是。這樣簡單明瞭多了。」

確認這件事之後，他以聖槍的槍尖指著我們：

「好了，現在要怎麼辦。要陪我玩的是兵藤一誠，還是瓦利，又或是塞拉歐格．巴力呢？還是要三個一起上？不行，三個一起上再怎麼樣也應付不來。要一次對付三個神滅具（Longinus）可是很拚的。」

他的說話方式真是挑釁。如果瓦利和塞拉歐格也參戰，就算這個傢伙再怎麼強大也受不了吧。別的不說，光是看到剛才的瓦利就不覺得自己有勝算了。

瓦利走到我的身邊，壓低音量問我：

「那個傢伙的七寶，你應該知道其中四個吧？」

……問我知不知道曹操的能力啊。

「是啊，有封鎖女性異能的能力、破壞武器、轉移攻擊的能力、可以移動對手的位置對吧。」

這些是在之前那場戰鬥中見識的能力。對手若是我，封鎖女性異能的能力就用不上，所以我只需要小心六種能力。

「剩下三個是可以得到飛行能力的球體，還有像木場祐斗擁有的聖劍創造（blade blacksmith）的禁手（balance breaker）那樣製造大量分身的能力，最後是重視破壞力的球體。」

原來如此，可以飛天、像木場那樣，還有破壞力強大的球體吧。知道了知道了。話說沒想到這個傢伙會告訴我……

「總之先謝謝你了。」

再來就看我自己的造化吧。只是在不知不覺間，已經變成我要應戰了。

我一面如此心想，一面向前站出一步。曹操見狀露出開心的笑容：

「我的對手是赤龍帝啊。其他人也很識相，完全沒有動手的意思。」

正如同他所說，大家看見是我要和曹操對打，都接受這樣的結果。

沒錯，我和這個傢伙有很大的一筆帳要算。

「是啊，這筆帳不跟你算清楚，我嚥不下這口氣。」

一方面也是覺得沒有展現真「皇后(queen)」就不想承認自己輸給這傢伙。

感覺到我的戰意，他用長槍敲敲肩膀：

「有意思。那個時候我是針對三叉升變(triaina)的弱點趁隙而入，這次就來會會使出全力的你好了——變成鮮紅色的鎧甲吧。」

「當然，馬上就變！我們上，德萊格！」

『好！再次對上最強的神滅具(longinus)！這次再不打倒他可就稱不上是赤龍帝喔，搭檔！』

「那當然！」

我全身上下散發龐大的鮮紅色氣焰，口中唸著咒文！

「——吾，乃覺醒者，乃揭示王之真理於天之赤龍帝也！」

之前呼應這段咒文的前輩們已經不在了。

「胸懷無限的希望與不滅的夢想，追求王道！吾，當成紅龍之帝王——」

但是我並不孤單！因為——我還有為我的戰鬥作見證的夥伴們！

「將汝導向鮮紅色的光明天道——！」

『Cardinal Crimson Full Drive!!!!』

我的鎧甲變成鮮紅色，形狀也產生些許變化！真「皇后(queen)」升變完成！棋子的狀態感覺也很不錯！不愧是我的棋子！才剛回來就可以變成這個形態！雖然真「皇后(queen)」還不穩定，也只能上了！

確認我的變化之後，那個傢伙也變出環狀光圈和七個球體。他的禁手化(balance break)還是一樣平靜。

因為過於平靜，反而讓人感到毛骨悚然。

拉出間距、彼此互瞪之後——我們飛離現場。

「象寶(hatthiratana)。」

曹操將一個球體置於腳下，飛上天空！

那就是他的飛行能力吧！我也展開龍之翼追上去！

『BoostBoostBoostBoostBoostBoostBoostBoostBoostBoostBoostBoost!!』

我在高樓大廈林立的空中發出神龍彈！我使出巨大的攻擊，但是他將一顆球體貼近神龍彈之後，球體前方產生漩渦，將攻擊吸進去！

那是挪移攻擊的球體吧！既然如此，接下來不知道會從哪裡吐出攻擊！

正當我警戒時——正下方冒出一個漩渦，神龍彈從中飛了回來！

我在緊要關頭躲過攻擊——這時發自聖槍的神聖波動也隨之襲來！

「哇喔！」

我也躲過那招，然後再次發出魔力！

『BoostBoostBoostBoostBoostBoostBoostBoostBoostBoostBoostBoost!!』

這次是散彈型的攻擊。我發出無數的神龍彈！

「居士寶(gahapatiratana)！」

曹操將一個球體移動到前方，球體於是迸開，出現好幾個發光的人形物體。這就是瓦利剛才提到的那個吧。看起來的確很像木場的禁手(balance breaker)，可以製造大量隨從！感覺就像從球體裡冒出兵團！

那些人形物體擋下我的散彈型神龍彈便消失了。是拿來當擋箭牌啊！

曹操趁著那一波攻防消失了！他在哪裡！在我搜尋氣息時，長槍便從旁邊伸過來！

我好不容易閃過，不過攻擊還是稍微擦過我的身體，腹部的鎧甲被劃開了！不過身體沒有受傷！

「你這個傢伙！居然用了和木場一樣的能力！而且你那麼瞧不起木場的能力，結果自己的能力也沒好到哪裡去嘛？你的分身也還沒有辦法反映出你的技術之類的能力啊！這樣還敢瞧不起他！」

他在那個擬似空間當中，對木場的能力不屑一顧。但是在我看來，木場的能力還比曹操剛才展現的還要高超！

面對我的指責，曹操笑著開口：

「哈哈哈哈，或許真是這樣吧。但是我不是說了嗎？這是未完成的能力，還需要調整。正因為如此，我當時才會對木場祐斗的能力產生興趣。不過看到他的完成度和我差不多之後，立刻失去興趣！而且我和木場祐斗在細部規格不太一樣。當然這也要看今後怎麼調整。」

他當時說的那些話原來是這個意思！那麼只要進一步調整，這個傢伙的能力也會變得更加棘手囉！

「真是的，要對付你這個打贏過阿撒塞勒老師的傢伙還真是吃力！」

「阿撒塞勒總督啊。之前的戰鬥中我確實是壓制住他，但是下次再次交手，恐怕就無法輕易取勝了。」

「為什麼？」

他在那場戰鬥中明明占盡優勢吧。他完全躲過老師的攻擊，把聖槍刺進老師身上的畫面深深烙印在我的腦裡。我到現在還是無法相信那麼強的老師會敗在他的手下。

正當我如此心想時，曹操說出令人意外的話：

「那個總督不容小覷。那種研究家個性的戰士在下次交手時，一定已經徹底研究過我。像我這種只要中了強者的沉重攻擊就會完蛋的人，最害怕和那種類型的對手交戰。正因為如此，我才可以在第一次交手時探知總督的程度，在第二次打倒他——第三次交手的話，有危險的人就是我了。」

……曹操說得沒錯。老師不可能就這樣單方面受制於人。如果這個傢伙下次再和老師交戰的話，應該會打得難分難解吧。

曹操轉動長槍，重新擺出架式：

「好了，繼續打吧。」

啊！曹操那個傢伙又開始時而消失、時而現身！這種城鎮的空中戰還必須注意下方才行！相當需要注意力！

這次是從背後發動攻勢。我在空中轉身躲過……不過他還真是神出鬼沒！

可惡！出現的方式像是突然轉移！轉移……？對了，那個傢伙的球體有個能力是將目標轉移到任何地點。那招也可以對自己使用！

……他的技巧也太多樣化了。莉雅絲之前也說過，那些球體的形狀大小都一樣，所以在他出招之前不知道會使用何種能力。

而且還可以像剛才那樣搭配運用，更是展現超群的多樣性！光是長槍的攻擊就已經夠恐怖了，再加上其他能力更是難以對應，讓戰況更加不利！對於腦袋不靈光的我來說，久戰肯定不利！而且他八成有不死鳥的眼淚！

但是……說到能夠贏過這個傢伙的要素，依然是存在的。一方面當然就是只要打得中就能贏，另一方面，我在輸給這個傢伙之後，在次元夾縫當中思考過對付他的策略。

如果那招成功就是我贏。我一定要設法製造可乘之機！

雖然我這麼想，但是和那傢伙的空中戰越來越激烈。無論我發動怎樣的攻擊，他都可以用球體的能力轉移或是防禦，再加上從意料之外的方向伸來的聖槍攻擊，我也只能在千鈞一髮之際閃躲，光是這樣就讓我耗盡全力。

即使突然改變已經發出的神龍彈的軌道也無法攻其不備！

而且他還會以那些球體製造兵團，再以轉移的球體進行瞬間移動、拉近距離，所以無論我拉開的距離有多遠，都來不及重整態勢。

『Star Sonic Booster!!!!』

即使我高速拉近距離，他也會靠轉移逃跑，或是以球體製造的兵團為盾爭取時間閃躲。

『Solid Impact Booster!!!!』

好不容易追上他，打算使出破壞力強大的攻擊，他也會以長槍擋開，或是利用球體的能力閃躲攻擊。

落空的強力拳頭刺進大樓，一擊打垮建築物……大樓的所有者，非常抱歉！

對了，這傢伙非常清楚裝備鎧甲者的弱點！他同時對付老師和瓦利都可以躲過攻擊，我的攻擊打不中也很正常！裝備鎧甲者或許是因為過度強化，導致攻擊時氣焰會集中在準備出招的部分，因此很容易預測攻擊來自哪裡——我記得他是這麼說的。不過就算知道原理，實際採取因應的行動還是很難，所以更加證明能夠辦到這一點的他有多麼強大。

而且他閃閃發亮的右眼是梅杜莎之眼！能夠讓任何東西石化！我的鎧甲也有好幾個地方被他石化了！

每次中招，我就破壞石化的部分，然後修復鎧甲！幸好石化的效果不會影響肉體！主要的用處大概是暫時停住我的動作吧！

周圍的建築物都因為我和曹操的戰鬥而受到嚴重破壞……這裡沒人真是太好了。不，也稱不上好。之後大概會被罵吧。無論如何，只要能夠打倒曹操，事後要我怎麼道歉都行！

……話說我逐漸被他壓制了！鎧甲的破損變得越來越嚴重！

那個傢伙在這種狀況下逐漸掌握我的攻擊模式！太誇張了！他的技巧型特質居然能發揮得如此淋漓盡致！甚至輕鬆超越木場！

就算我想發射真紅爆擊砲，但在面對這個傢伙時，即使只是短暫的蓄力時間也會造成致命傷，所以根本不能用！

——對於重視力量的我來說，簡直是不擅長面對的敵人！

——我忽然感應到什麼。我朝有所感應的方向飛去——一道鮮紅色的閃光隨即射到我身上，恢復我的氣力。

遠方可以看見莉雅絲在大樓屋頂對我發出胸部光束。

啊，莉雅絲！妳又為了我不惜讓自己的胸部縮水嗎！莉雅絲的愛讓我信心大增！心愛的女人給我力量！再也沒有比這更好的提升活力方式吧！

話說即使我們沒有事先聯絡也有所感應。可見我和莉雅絲肯定心靈相通，一定是這樣沒錯！我太感動了！

「那就是傳聞中的胸部光線啊。原來如此，你們這對情侶真的很可怕。」

如此說道的曹操露出苦笑！

那個混帳！居然敢嘲笑莉雅絲的胸部光線！我饒不了他！

「嘗嘗這招吧！」

『BoostBoostBoostBoostBoostBoostBoostBoostBoostBoostBoostBoost!!』

我將力量賦與肚子裡面的火苗，一口氣吐出龐大的火焰！

龍之炎——！

廣範圍攻擊！我吐出的火焰覆蓋整片天空。對手是人類！即使沒辦法直接燒到，光是靠熱浪高溫也可以讓他嚴重受創。這招他應該無法防禦——

唰嘩————！

聖槍發出強大的聖光，掃蕩我的火焰吐氣。

……這麼說來瓦利好像也說過。在必要的時候，聖槍也可以發出大量氣焰……！

接著他順勢以聖槍對我橫掃！糟了！

我緊急爬升躲過攻擊——但是後方的大樓因為聖槍的巨大波動而一分為二倒下！

波動的威力依然不減，貫穿大樓之後又破壞好幾棟建築！

那個傢伙光靠灌注力量揮動聖槍，就可以破壞那麼多大樓……

……身為惡魔的我要是中了那種攻擊，在一分為二之前就會消失殆盡吧！

曹操露出笑容開心說道：

「哈哈哈！厲害！這就是你說的真『皇后（queen）』啊！我的攻擊根本打不中！相對的，你的攻擊也打不到我！真的讓人嚇出一身冷汗！因為只要中了你的攻擊，我肯定完蛋！」

但是你根本不會讓我有機會打到你！要說這種話就讓我打一下！這樣你就完蛋了！

他靈活轉動長槍，向我揮擊！我閃過來自下方的揮砍，然後直接後退躲開來自上方的攻擊——但是槍尖冒出一個球體。

那個傢伙臉上的笑意變得更濃：

「比起瓦利，你還太嫩了——將軍寶（parinayakaratana）！」

球體朝我的腹部襲來！我趕緊將氣焰聚集在雙手，形成厚重的腕甲。這是「城堡（rook）」的能力。我要用這招擋住！我抬起雙臂靠攏，準備接招！

在命中的瞬間，強得不可思議的衝擊震撼我的手——甚至穿透手臂襲擊全身！「城堡（rook）」的手臂也擋不住嗎……！

——我立刻想通。

是瓦利說的那個重視破壞力的球體！可、可是攻擊力竟然……強到這種地步！

我承受球體的衝擊，整個人飛往後方！

喀唧——！

我飛向大樓的高處——撞破窗戶玻璃飛進室內，接著撞壞內部的牆壁，最後穿出大樓又來到空中。

撞穿下一棟大樓以及再下一棟大樓，撞破牆壁飛到空中，然後又撞破後面的大樓牆壁。

不斷破壞大樓的我已經懶得計算時，最後才用力撞在某棟大樓的牆壁上，衝擊的力道終於耗盡了。

「……咳喝。」

竄過腹部的劇痛使得一股熱潮湧上，我吐出來一看……是血……才挨了一下攻擊就痛成這樣啊……內臟也就算了，肋骨大概也斷了幾根吧？

剛才那一招將我的鎧甲破壞殆盡……就連以「城堡(rook)」的力量增厚、用來當成盾牌的雙手手甲也遭到粉碎……！兩手都麻了，不聽使喚……

腳也使不上力。看來需要一段時間才站得起來……那就是重視破壞力的球體啊。可是為什麼之前沒用？難道是出招相當費時？還是有次數限制？

大概是兩者之一吧。擁有威力如此強大的招式卻一直拖到現在才用，真是太奇怪了。只要混進組合攻擊當中多用幾次，應該可以輕易打倒我。既然只有在這種緊要關頭才用，看來剛才的那個球體很可能有什麼附帶條件。

……嘿嘿嘿，因為經常和強敵戰鬥，就連腦袋不靈光的我也能思考到這種地步了。

只不過對付的敵人都是怪物級的對手，讓我相當無奈。真是的，赤龍帝還真不好當。

……嗯？我無意間發現自己待在一個很奇特的地方。掉在我手邊的——是開關公主的系列玩具。

我環顧四周——發現這裡是擺著無數玩具的玩具店。大概是因為我飛進來時撞破窗戶玻璃弄得相當聲勢浩大，造成的衝擊弄垮許多陳列架，玩具散亂一地。

——！這個是那個啊。用這個……我以因為麻痺而發抖的手拿起某個玩具。看著手上的開關公主玩具，想到一件事。

「現在的七寶尚未完成。能力也不太明朗。剛才那個是重視破壞力的球體，但是這樣一來和破壞武器又有部分重疊。如果能夠顯現什麼優秀的能力就好了……但是又無法附加太過超脫常軌的異能。所以——你就這樣結束了？果然，即使是變成鮮紅色的你，極限差不多也是這樣……」

曹操就像這樣說個不停。他從我撞破的窗戶進到室內。

「吶，我問你。如果和剛才的瓦利開打，你還是打得贏嗎？」

「……不，能夠在眨眼之間消滅普路托的瓦利，足以稱為超越者也不為過——即使是我也打不贏他。純粹是威力、輸出相差太多，光是猛攻就可以打爆我。」

聽到他的說法，讓我安心不少……真是的，詢問自己宿敵的事還這麼放心，真不像我。

不過，說得也是。他怎麼可能輸給這傢伙。

——要正面打倒他的人是我。只要有我就夠了。

……不過我得先扭轉眼前的狀況才行。

「哼哼哼……」

我忍不住笑了。

「有什麼好笑的？」

曹操訝異發問。

「和那個時候一樣。」

沒錯，和那個時候——我和萊薩單挑時一模一樣。這種場面、這種狀況。那場對決我也是在只差一步時到達極限，瞬間陷入危機。

儘管如此，我還是有辦法戰鬥。

「吶，曹操。攻擊弱點這種事我也做過。為了保護我喜歡的女人、為了把她搶回來，我拚命絞盡沒什麼用的腦袋。」

「你在說什麼？我不懂你說這些話有什麼意義。看起來又不像腦子有問題……難道你有什麼企圖嗎？」

「當時我僅存的力量只有一點的龍之力。和現況相比沒有什麼太大的不同。」

我把開關公主的玩具拿給那個傢伙看。就是我剛才撿起來的那個。

「這個玩具有個機關，胸部的部分可以發射。試作品送到我家時，還讓莉雅絲相當傻眼——這是瑟傑克斯陛下想出來的主意。」

「我不是說了，那又怎麼樣？」

接著我從懷中拿出一發子彈。

這是在次元夾縫撿到的東西。

「這顆子彈是從在次元夾縫裡漂流的魔像——已經不會動的戈革瑪各身上的內藏式對魔物機槍裡拿出來的。製造時間應該是遠古，形狀卻和現在的機槍子彈沒什麼分別……人類的創造力，或許已經發展到神的等級了吧。」

我一面自顧自地說著這些話，一面將那顆子彈裝進開關公主的胸部部分。

然後將赤龍帝之力轉讓到這個玩具。

『Transfer!!』

轉讓之後按下玩具的機關。受到轉讓的力量增強威力，裝在胸部部分的戈革瑪各的子彈射向曹操。

「……你瘋了嗎？」

曹操輕易用聖槍揮開子彈——在那個瞬間，被揮開的子彈破裂，當中噴出液體。液體也濺到曹操的臉上——而且是右眼。

曹操沒料到會有這些突然飛濺的液體，揉揉右眼。

「……這些液體是什麼……」

隨著他的動作，身體也產生變化。

「咳呼……」

曹操從嘴裡吐出某種東西——是一大口血。

「嗚啊！」

他隨即感到痛苦，跪倒在地，身體也劇烈顫抖。

等到趴倒在地，又吐了一大口血之後，他似乎察覺到了。

「這、這是……！嗚哇——！」

現在的他，應該全身上下都感覺到那種難以言喻的劇痛吧。雖然不能說是絕對，但是要承受那種痛苦，對他而言應該非常困難。

我運用總算可以使力的四肢站起來，告訴在地板打滾的曹操。

「——那是薩麥爾的血。是夏爾巴對我使用的那個。」

聽到我的話，曹操的眼睛瞪得老大。

我繼續說明：

「在讓肉體重生時，他們幫我把薩麥爾的血抽出來了。處理的時候我忽然想到——如果我沒記錯，神對薩麥爾的詛咒，應該是針對龍和蛇的憎惡吧？」

「……是眼睛嗎！我的梅杜莎之眼……！」

他的眼睛因為薩麥爾之毒的效力而潰爛，流出大量鮮血。

「沒錯，梅杜莎是長著蛇髮的魔物吧？既然如此，對於移植眼睛的你，薩麥爾的血也會起作用吧——我在次元夾縫當中想到這一點。所以我請奧菲斯幫我把那個灌進在次元夾縫裡撿到的戈革瑪各的子彈裡。」

沒錯，我在次元夾縫裡時，拚命用這個沒什麼內容的腦袋，思索打倒這傢伙的方法。能憑實力打倒他當然最好，但是如果事隔不久就得和他再次交戰，我就得準備可以對付他的策略才行。

就在我想著這些事時，正好碰上漂流在次元夾縫當中，處於停止狀態的戈革瑪各，於是回想起對抗萊薩的那場戰鬥。

「……咕喔！呼……呼……………哼哼哼，沒想到，你還有這招……！」

曹操一面痛苦掙扎，一面自嘲。

「身為惡魔又是龍的我都差點死掉了。雖說你是英雄的子孫，又拿著最強的聖槍，不過——還是人類。那種詛咒——身為人類的你承受得了嗎？」

「……大概承受不了吧…………我的身體機能……已經開始停止了…………薩麥爾的詛咒……連不死鳥的眼淚也無效……我的敗因是身為『人類』……啊……！哼哈哈哈哈……一直研究弱點、研究對手的我……居然會如此落敗……真是再諷刺也不過……！」

儘管痛苦難耐，他還是如此嘲笑自己。

「沒錯，你的弱點就是——身為人類。」

曹操已經無法再戰了吧。事實上，他的禁手（balance breaker）已經消失，長槍也失去那股強大的力量。

——我贏了。

沒想到致勝關鍵是莉雅絲的人偶……而且還是靠著開關公主的胸部飛彈打倒對手。

『陷陷陷陷呀啊——』

開關公主人偶發出語音。

……哈哈哈哈，真是的，還真有我的風格。我忍不住笑了出來。

吶，歷代的前輩。「陷陷陷陷呀啊——」果然厲害。難怪你們會那麼著迷。

「……那麼只好用『霸輝（truth idea）』了。」

——！他、他說什麼！

曹操的發言讓我為之驚愕！他以顫抖的手舉起長槍，開始湧唱！

「長槍啊！射穿神的真正聖槍啊！吸取沉眠在我體內的霸王之理想，挖開祝福與毀滅之間的夾縫——汝啊，闡述遺志，化為光輝吧——」

曹操唸出咒文，聖槍的槍尖隨之展開到極限，發出龐大的光芒……要是繼續發出流量這麼巨大的神聖氣焰，再怎麼說也很不妙吧？

話說接下來會發生什麼事？我聽老師說過，寄宿在那把長槍的是已故聖經之神的遺志。瓦利說那是近似「霸龍(juggernaut drive)」又相去甚遠的能力——我完全不了解那招的真面目……但是「霸龍(juggernaut drive)」是會帶來失控的破壞化身。感覺這招「霸輝(truth idea)」發動之後，也會對都市地區造成嚴重損害！

是該鞏固防禦，還是以「騎士(knight)」之力逃跑。正當我面臨如此迫切的抉擇時——

長槍的光芒逐漸變弱——大幅張開的槍尖……也變回平常的狀態。

曹操見狀——瞪大眼睛，說不出話來。

平常總是氣定神閒的這傢伙居然會無言以對……其中的意義，該不會是……

曹操像是在代替我說出心聲：

「……沒有……發動？」

……果然是這麼回事啊。剛才眼看就要發出龐大的光芒時，就連我也覺得該有所覺悟，但是聖槍散發的壓力沒有太大的威脅。同時聖槍的神聖氣焰甚至變得越來越微弱？

——這時曹操好像在長槍上感覺到什麼，一臉恍然大悟：

「……原來如此，這就是祢的『遺志』啊——祢選擇赤龍帝的夢想，不是我的野心。」

…………？我完全聽不懂這個傢伙想說什麼……總之長槍應該不會再強化了……？

「……你中了詛咒啊，曹操。」

一邊開口一邊現身的人——是瓦利。他從玻璃破碎的窗戶進來，俯視在地板上痛苦掙扎的曹操。

「……喲，瓦利……你的宿敵真是太棒了。」

「我可不會讓給你——『霸輝』為什麼失敗了？你剛才用了吧？我靠近這棟大樓時感覺到了。」

瓦利如此問道。我也很想問這個問題。我和瓦利一起聽曹操回答。

「……『霸輝』和聖經之神的『遺志』息息相關。已故的神之『遺志』會吸取這把長槍持有者的野心，因應對手的存在產生各式各樣的功效與奇蹟……有時是足以打倒對手的壓倒性破壞……有時則是祝福對手以得其心——但是『霸輝』對赤龍帝得到的答案是靜觀……也就是說這場戰鬥是赤龍帝獲勝，長槍想看的是兵藤一誠的夢想，而不是我的…………如果聖槍依然想看我的野心，應該會在這裡幫我恢復，或是發動極為強大的力量……」

……聖槍認為是我贏了？而且它認為我的夢想比曹操的夢想還好？

瓦利聞言露出笑容，似乎覺得相當好笑：

「到了這個地步，那把聖槍選擇兵藤一誠，而不是曹操啊。所以我不是說了嗎？你應該趁我和兵藤一誠成長到對付不了之前打倒我們。到頭來就是把自己搞成這樣。真是令人不知道該說什麼才好的結局。看來有權力打倒變成鮮紅色的赤龍帝的人，還是只有我。」

聽見瓦利的挖苦，曹操也自嘲：

「……我也很想打倒他。」

……你們兩個大男人不要說那種好像同性戀的話還想爭奪我好嗎！噁心到了極點！最近對我投以好奇視線的人，都是一些不是普通人的傢伙——尤其是強大的男性，讓我覺得很不舒服！

我想要受女生歡迎！喜歡我的人都是肌肉男，讓我完全高興不起來！

「沒錯，就是這樣。要打倒兵藤一誠的人是我。」

「我的朋友真受大家歡迎。」

接著進來的是塞拉歐格和木場。

——事到如今，雄性動物的絕對值再度上升！

令人感到反感的空間。真的好悶。而且每個都對我投以熱情的視線！不要——————！莉雅絲、愛西亞、朱乃學姊、小貓、潔諾薇亞、伊莉娜、羅絲薇瑟、蕾維兒，快來救我！

「……二天龍、獅子王、聖魔劍……在這種狀態要對付這群對手，實在是吃不消。而且，再這樣下去，我會死……或許在失去李奧納多的時候，就已經注定我會失敗也說不定……不，在我招惹你們時就是運勢已盡吧……看來薩麥爾還是不該對奧菲斯使用……而是應該用在偉大之紅身上……沒想到，在京都遇見吉蒙里眷屬，和我的選擇……竟然會成為我們的敗戰條件……」

在自嘲的同時，曹操已經上氣不接下氣。嘴裡唸唸有詞地說些莫名奇妙的話，臉色也相當難看。他應該沒辦法像瓦利那樣用魔力抑制薩麥爾的詛咒，狀態只會逐漸惡化。

這時一陣熟悉的霧氣籠罩我們。可以看見霧中冒出一個人影。

「……我們回去吧，曹操。」

出現在曹操身邊的——是遍體鱗傷的格奧爾克。他少了一隻眼和一隻手，左腳也變色泛黑，狀況看起來相當糟糕。

「是格奧爾克啊……」

「……曹操，我們……雖然多少有點計算失誤，卻沒有犯什麼大錯——只是。」

格奧爾克拉起曹操的手，展開轉移魔法陣。他看向我。

等等，別想逃！除了瓦利以外的人蜂擁而上，打算壓制他們——但是聖槍發出耀眼的光芒，讓我們的視力和身體瞬間失去作用！他還留有這麼多力量！

「……一旦和二天龍扯上關係，就會滅亡。就像夏爾巴一樣……」

「……你說得對，格奧爾克……」

塞拉歐格不顧神聖的氣焰會灼傷他的身體，照樣出拳，不過還是落空。

他們原本所在的位置，已經沒有半個人影。

大概是因為被聖槍之光影響視力吧，攻擊慢了〇．一秒。

他們只留下那兩句話便消失了──

─○●○─

……在緊要關頭被他們逃走了。

我對於在最後疏忽大意的自己感到懊惱。就在感嘆自己的能力不足時，塞拉歐格摸摸我的頭：

「別那麼沮喪。是你贏了。照那個樣子看來，他們兩個暫時都無法戰鬥，沒什麼好擔心的。不，很有可能會留下後遺症，說不定再也沒辦法像之前那樣戰鬥。」

這是塞拉歐格的說法。

……不清楚薩麥爾的毒對那傢伙能夠造成多麼嚴重的影響，但是就連身為龍兼惡魔的我，肉體都輕易遭到毀滅。那傢伙之後也不會有什麼太好的下場吧。

瓦利看向我：

「既然你和偉大之紅有來往，我在挑戰赤龍神帝之前必須先和你做個了斷。」

——這麼快就對我宣戰了。真有這傢伙的風格。

「好啊，要來就來。我也會變得更強，狠狠打倒你。」

「但是你要小心。害怕你的人越來越多，想要你的命的人也會變得更多吧——和真龍還有龍神來往，就是這麼回事。」

這讓我有點害怕。不過如果出現敵人，我也只能一一超越他們。

「無論出現怎麼樣的敵人，我能做的還是只有朝自己的目標勇往直前——我要成為上級惡魔，並且成為後宮王！還有我也想當上排名遊戲的冠軍！」

聽了我的宣言，那個傢伙開心地揚起嘴角。

『德萊格……你要休息一下嗎？』

『……是啊，或許吧。或者……抱歉了，阿爾比恩。』

…………？阿爾比恩和德萊格好像在交談？不知道說了什麼。

——這時我感覺到其他人到來的氣息。一名紳士打扮的人從玩具店的入口走進來——來者是亞瑟。

「瓦利，大家都過來了。我們依照計畫大鬧了一場。」

「這樣啊，不好意思。」

瓦利轉身離去。

亞瑟看向木場開口：

「——木場祐斗。我一直在尋找聖王劍柯爾布蘭的對手，看來你是最適合的劍士。在瓦利和兵藤一誠要做個了斷時，希望你也能和我一戰。願你我在那個時刻到來之前，彼此都能夠平安無事。」

如此說道的亞瑟跟著瓦利一起離開。

木場也接受亞瑟的挑戰，露出無所畏懼的笑……總覺得這個傢伙好像在我不在時又變強了？而且……腰上還插著原本是齊格飛持有的魔劍！

「你打倒齊格飛了嗎？」

我指著木場腰間的魔劍詢問他。

「咦？喔喔，這個啊？其實發生了不少事。齊格飛是大家一起打倒的。」

啊，這樣啊。可是他也得到魔劍。

「好了，我的眷屬還在等我。差不多該告退了。」

塞拉歐格走向窗邊。

「塞拉歐格，謝謝你。」

對於我的道謝，塞拉歐格舉手致意，便直接從窗口跳下去。

從窗口回去真是了不起。很有塞拉歐格的作風。

「我也去把大家叫來。一誠同學就在這裡休息一下吧。」

如此說道的木場也從窗口跳下去。

……只剩下我一個。在大家過來之前，我就在店裡逛一下吧。正當我如此心想時。

『搭檔，打得漂亮。沒想到你不只靠力量戰鬥，還學會動腦筋了……雖然還有很多不足之處……還是打得很漂亮。』

德萊格稱讚我。

「幹嘛突然說這些。」

『……不，你還是這樣最好吧。』

「……怎麼了，總覺得你好像沒什麼精神。」

聲音聽起來有點模糊。我還是第一次碰到這種情形。

『……為了讓你的身體重生，我過度消耗很多東西……再過不了多久，我的意識就會消失……』

——！

……你、你在說什麼！這是怎麼回事！為什麼你之前沒告訴我！

那麼你剛才和阿爾比恩的對話……是告別嗎……？

你騙我的吧！開玩笑的吧！等一下！給我等一下！

『……放心吧……我會作好準備，即使我不在，赤龍帝的手甲（boosted gear）還是可以運作……所以……最後可以看見你打了那麼漂亮的一戰……真是太好了……』

德萊格的聲音越來越模糊、越來越小聲、越來越虛弱。

「等一下！我……我還不行……沒有你我什麼也做不了！」

『你可以的……你還有……夥……伴……你已經不需要……我……了……』

聲音開始變得斷斷續續！真的假的！哪有這回事！

我需要你！我們不是搭檔嗎！我們要一直在一起！我和你在一起才是赤龍帝啊！時至今日，我們不是一直……一直一起奮戰嗎！

在家裡、在學校、對抗可卡比勒、第一次和瓦利交戰、暑假在山上閉關、對抗西迪之戰、面對洛基，還有京都……就連對抗巴力之戰，我們也一直在一起不是嗎……

我淚流不止。斗大的淚珠一顆一顆往下掉，連鼻水都流出來了——

儘管如此，我和德萊格在一起的回憶還是不斷浮現腦中……不斷湧現……無法壓抑。

治好我的身體卻害死你……我不要這樣！

德萊格最後以清楚的語氣說道：

『我的搭檔——一誠，謝謝你。我很開心…………——』

「德萊格……？吶……回答我啊……吶，搭檔……」

哪有在最後的最後用名字稱呼我的，太卑鄙了！哪有這樣的！再好好叫我一次！叫我一誠！吶，拜託你！哪有……這樣的……

無論我怎麼搭話，寶玉都沒有回應……他已經不會再對我說話了嗎……？

正當我如此心想時——

『…………呼嚕嚕嚕。』

我聽見一連串的鼾聲。

……咦？鼾、鼾聲？睡、睡著了……？

「德萊格，在次元夾縫當中用盡力量，累了。睡著了。」

有人輕輕撫摸我的手甲。

——是奧菲斯。她不知道什麼時候跑來了。

「……奧菲斯？等等，妳說德萊格只是睡著而已嗎！」

這、這個混帳！原來只是睡著！可惡，害我這麼擔心！

「德萊格！……王八蛋……！王八蛋……！」

我只能抱著手甲大哭！混帳！哪有人突然那樣道別的，太過分了吧！我和你是要一直一起走下去的搭檔！

……可是我放心了。多謝你為了我那麼盡心盡力。你現在就先好好休息吧，搭檔。

——啊，我感覺到夥伴們的氣息。

大家應該不久之後就會來到這裡吧。啊，中級惡魔考試終於結束了。漫長又危險的考試終於到此結束。

真是的，這就是俗話說的平安回家才算結束吧。

「我們回去吧，奧菲斯。這次是真的——要和大家一起回去。」

「我，要回赤龍帝的家。」

奧菲斯臉上露出可愛的笑容。啊，這個傢伙果然不是什麼恐怖分子的老大。只是一隻強大又寂寞的龍。

——就在萬事圓滿結束之時，我想起一件事。

啊，學校的期中考該怎麼辦……

這是我第一次感覺到徹底的絕望。

Azazel.

成功殲滅「豪獸鬼（bandersnatch）」和「超獸鬼（jabberwock）」的消息傳到我——阿撒塞勒耳中時，現場的緊張狀態也以此為契機開始解除。

因為我們一直和黑帝斯大眼瞪小眼。一直盯著那個骷髏混帳的臉，只會感覺想吐。

接獲勝利的消息，瑟傑克斯也消除毀滅魔力，變回原本的模樣……不過剛才或許才是他原本的模樣……

知道一誠回來時，他那毀滅魔力的憤怒之色也變淡了。不過我也和他一樣。真是的，那傢伙居然用那麼誇張的方法回來。

根據報告，趁隙而起的舊魔王派恐怖攻擊也逐漸遭到鎮壓。冥界的狀況至少沒有演變為最糟糕的結果。

——然後瓦利隊在我們接獲報告之前瀟灑撤退了。他們離開的時機還是那麼精準。

我也先讓我方的刃狗（slash dog）離開了。這裡應該用不到他了才對。

幸好事態並沒有演變到必須消滅黑帝斯的地步。就算這傢伙充滿惡意，但是再怎麼說也是冥府之神。消滅祂會對各個世界造成很大的影響。

好了，再來是對黑帝斯提出抗議和警告，然後準備回家吧。就在這個時候，一名死神(grim reaper)對黑帝斯報告。

〈黑帝斯大人，神殿內的死神……大多都遭到凍結了。〉

〈……是你幹的好事吧，鬼牌！〉

黑帝斯的眼窩閃現危險的光芒。

被點名的杜利歐嘆了口氣，揉著自己的肩膀開口：

「別這樣嘛，我總得做點工作才不會被米迦勒大人罵。我本來只想把散發可疑氣息的死神凍住，可是這樣太麻煩了，所以乾脆試著盡可能凍結神殿裡的的死神。非常抱歉，我的手腳就是這麼不乾淨，不好意思，阿門。」

他那難以捉摸的態度和輕浮的語氣真是一點都沒變。

——但是很強。

這個名為杜利歐的天界王牌雖然口無遮攔，實力卻相當出眾。能夠凍結神殿裡的死神，實在是太過超乎尋常。

「煌天雷獄(zenith tempest)」——能夠操控天候、掌管所有屬性的上位神滅具(longinus)。使用得宜的話，是種能夠臨機應變的特性。在室內也能達到這個效果。

……讓他去對付曹操或許很適合吧？應該可以搶到相當的優勢……

無論如何，我們成功防止黑帝斯那個混帳從旁攪局。可謂大有斬獲。這個臭骷髏肯定想過要動手。沒有肌肉的臉讓人看不出祂的表情，但是即使如此，從祂的骷髏臉上還是看得出相當不甘心的感覺。

「好了，薩麥爾的問題日後還會追究喔？畢竟我們活捉了英雄派的正式成員。」

我對著黑帝斯如此說道。沒錯，吉蒙里眷屬遇見英雄派。他們遭遇貴人和敵人的機緣真的強大到讓人受不了，不過這次倒是得感謝這一點。

多虧了他們，這次才能活捉海克力士和貞德兩個人。這下可要好好向他們把很多事情問清楚才行。再也沒有比活證人更棒的證據。

黑帝斯沒有對我的宣言有任何回應……而瑟傑克斯也在我們即將離開時開口：

「黑帝斯大人，我們就此告退。這次突然來訪，我們真的感到很過意不去。」

瑟傑克斯鄭重為我們的失禮道歉之後，發出強烈的壓力接著說道：

「儘管如此，我還是要斗膽表示──沒有第二次了。再有下次我會消滅祢。」

……語氣當中帶著非常恐怖的氣勢呢，這個魔王。

黑帝斯聞言開心地笑了：

〈嘩嘩嘩，你的眼神真不錯。好，我會記住這句話的。〉

「這種地方我也不想再來第二次了。」

我忍不住說出真心話。

……真的，祢可千萬不要再做這種事了，冥府的骷髏神。

—○●○—

抵達連接冥界與冥府的大門時，瑟傑克斯呼叫我的名字。

「阿撒塞勒。」

他的臉色十分認真。

「幹嘛一副鄭重其事的樣子。」

「我最近經常在想——像我和阿傑卡這種魔王的時代，或許就快結束了。」

喔？這個有意思。見到我默默聽著，瑟傑克斯繼續說下去：

「我們當上魔王，最大的理由是『力量』。」

誕生自非魔王的血脈，擁有強大力量的特異惡魔——

這就是現任的四大魔王。在三大勢力彼此爭戰的那場大戰結束之後，出現了數名這樣的惡魔。

瑟傑克斯握起拳頭，露出悲傷的表情：

「『個體』的力量無論多麼強大，還是有無法改變的東西。也會製造出反抗的力量。」

沒錯。現任政府以力量打倒舊政府，改變冥界。當時的先鋒就是瑟傑克斯以及四大魔王等強大的惡魔。

結果遭到放逐的惡魔忌妒、詛咒瑟傑克斯的力量。簡單說來，時至今日的武裝政變，大致上就是因為如此。

「但是，阿撒塞勒。現在的惡魔世界出現另外一股不同於『個體』的強大力量。」

「是指什麼？」

「就是『群體』的力量。舍妹莉雅絲和我的妹婿一誠便是生來擁有這種力量的代表。即使『個體』的力量有限，只要力量能夠聚集到自己身邊——有了這樣的『群體』，力量和情誼都將變得更為穩固。這樣的『群體』能夠突破任何極限、任何阻礙持續成長。不是只有莉雅絲他們，不具備毀滅之力的塞拉歐格野因為抱持夢想貫徹信念，藉此得到值得信賴的同伴。這也是一種『群體』吧。」

瑟傑克斯所說的「群體」，或許也可以套用在瓦利那傢伙身上。他的同伴們也是自然而然地聚集到他身邊。

——原來如此，「群體」是吧。

「瑟傑克斯，一誠終於連奧菲斯都拉攏了——事到如今，想必有許多存在都無法繼續忽視他吧。」

「嗯。我想超越『霸龍（juggernaut drive）』的瓦利也一樣——『無限龍神』與二天龍，還有聚集在他們身邊的眾多龍王——果然龍才會推動這個世界的潮流、力量的奔流。」

沒錯，龍是力量的化身。自古以來，人類也視龍為力量的象徵，加以崇拜。無論如何，強大的龍就是會吸引強者。

真不知道一誠和瓦利會成長到何種境界。但也只能等待了……

「啊，那麼我就在此告退了。我還有事得向米迦勒大人報告。」

鬼牌杜利歐展開天使羽翼，向我們簡短告別。

「感謝兩位。我今天玩得很開心——『圓』！」

「圓」什麼啊——他舉起雙手在頭上圍成圓圈，就這樣飛走了！沒想到他還有這麼搞笑的一面……話說他倒是若無其事地把我們的對話聽得很仔細。

望著杜利歐離開，我嘆了口氣：

「好了，我也得找個二次就業的工作才行。」

聽到我的話，瑟傑克斯瞇起眼睛：

「……果然，會變成這樣嗎？」

「是啊，擅自讓奧菲斯去見一誠他們，怎麼想都是難免遭到革職的事。我——會辭去總督之位。」

瞞著各勢力讓奧菲斯和一誠見面這件事，無論怎麼掩飾都是違反條約。我會遭到彈劾也是理所當然。如果我繼續待在總督的位子，對神子監視者（Grigori）的夥伴和其他人都說不過去，也只會給大家造成困擾。

「而且我們組織的異議分子——協助敵人的那些傢伙也都處理得差不多了。」

我的組織內的背叛者，是瓦利和一些中間管理階級。尤其是部分上位墮天使似乎洩漏了不少情報……

我們已經逮捕那些傢伙，也準備對他們加以制裁……不過有些傢伙還是成功逃跑。也因為如此，組織裡一下子減少許多上位成員……純正的墮天使也變得十分稀少了。和遠古的大戰相比，剩下的幹部數量已經是屈指可數。而且多半都是走研究路線的傢伙。撒哈里勒也是、貝涅姆涅也是、塔滅勒也是。真要說來，副總督歇穆赫撒也比較偏向研究吧。

「……我的組織也快要不行了吧。」

我如此喃喃自語，然而瑟傑克斯只是露出難以言喻的表情。

「天界那裡好像也掌握背判者，加以裁罰了。」

「逃跑的那些傢伙也變成墮天使，和『禍之團（Khaos Brigade）』會合是吧。真佩服那些上級天使，在協助那些傢伙時居然沒有墮天。」

「聽說神不在之後，天界的各種系統都產生漏洞。他們大概是利用這一點吧。看來每個組織都不太穩固呢。」

惡魔方面和舊魔王派，今後也會發生零星衝突吧。有些早早察覺這次戰鬥不會成功的傢伙立刻躲回藏身之處了。真是一群打不死的傢伙——但是經過這次事件之後，舊魔王派的強者也差不多消失殆盡。只要沒發生什麼大事，他們應該會繼續沉潛，靜觀其變吧。

「墮天使也可以利用像天界的『神聖使者（brave saint）』那樣的系統增加成員吧？」

瑟傑克斯如此問道。我搖搖頭回答：

「不用了。像我們這種壞蛋天使，只要有我們幾個就夠了。不只我一個人這麼認為，剩下的幹部也都同意了。既然三大勢力已經決定和平共處，繼續發展組織也不是個辦法。維持現狀就好。不過如果上面那些天使打算墮落，我們倒是隨時歡迎。」

「……然而奧菲斯加入我方這件事，是神子監視者（Grigori）的——阿撒塞勒的一大功績。這可是寫入我們的歷史之中也不為過的豐功偉業，阿撒塞勒。促成這件事的——毫無疑問就是你。」

「事到如今還特別強調什麼『就是你』啊，怪不好意思的。但是瑟傑克斯，我是率領一幫壞蛋的老大。留名於聖經就算了，可不能出現在冥界的歷史當中——留名於未來的冥界歷史的，只要有你、莉雅絲、一誠就夠了。就讓我好好當個墮落天使的老大吧。」

「阿撒塞勒……」

你幹嘛一臉可惜啊。你露出那種表情，傷腦筋的人可是我。

我抓抓臉頰，露出惡作劇的笑容說道：

「沒什麼，不過就是頭銜有點不一樣，我還是我。還有我也決定從前線退下來了。多虧了你和米迦勒，我多了一群好學生。我的餘生就用來照顧那些傢伙吧。」

有一誠和吉蒙里眷屬，還有瓦利和他的隊伍，我應該不需要戰鬥了吧。

瑟傑克斯聽到我這麼說，忍不住笑了出來：

「怎麼突然說出那種老人家的台詞。」

「外表雖然年輕，但是我的確是老人家喔？我可是在你出生以前就已經存在了。所以你應該幫我這個年長者留點面子。」

「說得也是。表面上我就姑且表示會這麼做吧。」

這個塞傑克斯，真是為所欲言。

好了，總之如此一來這個事件就結束了。那麼我乾脆帶那些笨蛋到熱海還是伊豆，來趟溫泉旅行好了。

「墮天使組織『神子監視者（Grigori）』總督阿撒塞勒」辭去總督一職的消息，將會傳達給各勢力的高層。

他留下種種功勳、戰績，而展現史無前例的成長的現任赤龍帝，以及號稱歷代最強的現任白龍皇，指導出這兩個學生更是最大的功績，此事亦將由各勢力的重要人物流傳至後世。

Hero...?

「你也太難看啦，曹操。準備得那麼充裕，結果一下有人背叛、一下發生意料外的狀況，害得英雄派的計畫全都泡湯了吧？連三個上位神滅具(longinus)都被打敗了。」

「……帝釋天大人，沒想到您會紆尊降貴來到下界。」

「達到禁手(balance breaker)的神器(sacred gear)和神滅具(longinus)持有者都無法戰鬥了吧。你和格奧爾克和李奧納多也都動彈不得囉。所以——你要怎麼辦？」

「……我會重建一切。新的奧菲斯即將誕生，我會以此為中心成立新的『禍之團(Khaos Brigade)』——但是這個事件消耗的戰力實在太多。我們會暫時潛伏。」

「是這樣啊。你現在的表情，和你說的話一點也搭不起來喔——你那是內心受到挫敗的傢伙的表情。你被二天龍打垮了吧？那是薩麥爾的毒，即使解咒也會留下後遺症喔？畢竟你是只是個普通的人類。」

「…………被二天龍打垮……我不否認。」

「太沒用了吧。到頭來你想成為什麼？英雄？勇者？還是壞人？不，我看你是很貪心的全都想當吧？」

「……身為英雄的子孫，又帶著最強的長槍來到這個世上的我，除了這條路以外別無選擇。我只能選擇成為那些非人者之毒——」

「哈哈哈哈哈哈哈！臭小鬼，神佛有句不太受用的話要告訴你。聽好了，像你這種平常是Ｂ級但是認真起來會變成Ｓ級的傢伙，其實比你想像的還要多喔。問題在於那些明明平常和認真起來都是Ｂ級，在緊要關頭卻會變成ＳＳＳ級的異類。這種傢伙才是最棘手的。即使是絕對能贏的戰鬥，他們也會憑著莫名奇妙的手法顛覆結果——你自己也親身經歷過吧？沒錯，赤龍帝就是這種傢伙。」

「…………」

「如果你想贏過赤龍帝那種類型的傢伙，就得展現出足以扭轉命運的力量。畢竟和持有聖槍的你出現在同一個時期的神滅具(longinus)持有者是那個赤龍帝和那個白龍皇嘛——我看你是生錯時代了吧？」

「下次——」

「下次？ＨＡＨＡＨＡＨＡ！——沒有下次了。到此為止。被那把長槍拒絕，又因為詛咒而無法動彈的你，等於是沒有任何價值喔？」

「……祢想把我怎麼樣？」

「不怎樣，只是把你和格奧爾克和李奧納多一起送到冥府而已。黑帝斯好像心情很差，你們就好好陪陪祂吧。就在那裡等待會不會有蜘蛛絲垂下去救你們——至於你們的神滅具(longinus)就由我全部收下了。居然可以在三個都達到禁手(balance breaker)的狀態下抽出，我高興到眼淚都快流出來了！」

「……祢果然是個很過分的神佛。」

「暗中策畫，想要把我和其他神玩弄於鼓掌之間的，不知道又是誰啊？這下子遭天譴了吧——如果你有辦法從冥府回來，我就把聖槍還給你吧。有本事做得到這種程度的事才算是英雄喔？赤龍帝不也做到了類似的事嗎？」

New Life.

在冥界那場騷動之後過了幾天，我們在社辦裡聽老師提起非常不得了的大事。

「總、總督換人了！真的假的！咦————————！」

沒錯，阿撒塞勒老師辭去總督之位。

理由是帶奧菲斯來見我們那件事。

老師掏掏耳朵，嘆了口氣：

「吵死了。這也是沒辦法的事。誰叫我瞞著那些囉唆的傢伙把奧菲斯帶到這裡。」

「那、那麼老師現在的頭銜是……？」

聽到我的問題，老師歪著頭想了一下：

「嗯——大概是在屬於三大勢力的重要據點之一的這個地區擔任監督吧。在神子監視者(Grigori)的職位是特別技術顧問。」

監督兼技術顧問。喔——總覺得職稱不一樣，可是又沒有太大的不同。

「……從總督變成監督。」

小貓喃喃地說道。

「反正就是這麼回事。神子監視者（Grigori）的總督變成歐穆赫撒。副總督是巴拉基勒。啊——輕鬆多了！那種一板一眼的職位還是由他們那種腦袋頑固的傢伙來當比較適合。這下子我就可以專心投入自己的興趣了。」

咦？總覺得他的表情好像比之前還要清爽！難道少了那些頭銜和職位之後，讓這個人變得更加無拘無束……非常有可能！

嗚哇——啊！歐穆赫撒、巴拉基勒，想辦法處理一下這傢伙好嗎！在他闖出什麼大禍之前先把他封印起來比較好吧！乾脆考慮一下丟到那個什麼地獄最下層（Cocytos）永久冷凍算了！他肯定和薩麥爾一樣應該封印！

這時興高采烈的老師拿出三份文件：

「關於之前的中級惡魔升格考試，剛才已經放榜了。由於瑟傑克斯公務繁忙，就由我代替他宣布結果吧。」

——！真的假的！考試結果已經出來了！而且沒有事先通知，突然就要發表！

「首先是木場，及格！恭喜你，從今天開始你就是中級惡魔了。之後應該會通知你參加正式的頒發典禮。總之先把文件交給你。」

嗚哇！我還沒作好心理準備就已經開始了！話說木場及格了！

「謝謝老師。我恭敬地收下了。」

木場鞠躬接過文件。啊啊，我的夥伴就在我的眼前變成中級惡魔！

「再來是朱乃。妳也及格了。這樣妳就是中級惡魔了。我已經先告訴巴拉基勒這件事，他一聽見就立刻落下男兒淚了。」

「……父親大人真是的。謝謝你，我收下了。」

朱乃學姊紅著臉接過文件。朱乃學姊也順利升格為中級惡魔了。

再來是最後一張……是我的吧。

「最後是一誠。」

「是、是的！」

好、好緊張啊。術科姑且不論，筆試我有點沒信心……啊啊，可是我應該考得也不算差才對……

老師完全不顧我心中的掙扎，相當乾脆地開口：

「你也及格了。恭喜啊，中級惡魔赤龍帝誕生了。」

——！…………考、考過了。

「我、我考過了————————！」

我忍不住高舉雙手大喊！

「從今天起我也是中級惡魔！太棒了————！我真是太高興了！」

總算成功升格！中級惡魔！從今天起我就是中級了！這樣距離後宮王又更進一步！不，應該是更進十步！

「恭喜一誠先生！」

「恭喜啊！」

「恭喜！」

「還好，通過是應該的。不過還是恭喜學長。」

「有我當經紀人，當然考得過！可、可是還是恭喜你。」

愛西亞、潔諾薇亞、伊莉娜、小貓、蕾維兒都齊聲祝賀！謝謝大家！我能夠轉生成為惡魔真是好了！

就在我流著男兒淚、欣喜若狂時，老師指著我說道：

「話說你可是在那種千鈞一髮的狀況，自行回來這裡的大笨蛋。你的復活傳說已經在惡魔高層的大官之間廣為流傳囉？聽說就連和現任魔王派對立的派系也開始害怕你了。」

「為、為什麼？」

「那是當然，你可是名副其實殺了也不會死的男人耶？再也沒有比這種傢伙更可怕的存在吧？不但中了薩麥爾的毒沒死，還藉由偉大之紅的力量變出新的身體，最後自己從次元夾縫回來，你知不知道這有多誇張。超極誇張的好嗎！老實說，你這個傢伙真的怪異到不行。不只腦袋，就連存在也是。」

也、也對，仔細聽別人說出我一連串的遭遇，確實都是些怪異到不行的事件。不過連惡魔高層都害怕我，該怎麼說……不知不覺發展得非常誇張，我已經不知道是什麼回事了！

冥界一般大眾透過報導得到的訊息，是在路西法眷屬和我的共同奮鬥之下，加上偶然出現的偉大之紅，終於打倒「超獸鬼(jabberwock)」。我和偉大之紅合體的事沒有讓一般惡魔知道。發生在我和赤龍神帝之間的事，似乎也必須列為最高機密。

題外話，一般惡魔也不知道我曾經一度陷入危機。

「話說回來，你那吸引強者的力量已經超越異常，進入要什麼有什麼的狀態吧。我看這樣吧，在各個世界為非作歹的那些傢伙都交給你去解決。這樣一來我和瑟傑克斯都可以樂得輕鬆。」

雖然老師這麼說……可是說真的，拜託饒了我吧！一堆強者都跑來襲擊我，我已經受不了了！我只想和女性社員們一起過著情色又和平的日常生活！我一點也不想過那種充滿戰鬥的生活！

啊，不過有件事我很好奇。

「對了，老師，『禍之團(Khaos Brigade)』——英雄派之後來有什麼動靜嗎？」

英雄派的頭目曹操在我的攻擊之下中了薩麥爾的詛咒。理論上，下場應該不會太好才對……然而曹操並不是普通貨色。他搞不好已經找到恢復的方法，復活了也說不定喔？

「大概是因為有黑帝斯和舊魔王派從旁攪局，再加上主要成員的領導者也被解決，英雄派對各勢力重要據點發動的襲擊也停止了。而且多虧你們，這次活抓幾個主要成員，現在正在嚴加審問。曹操他們那幾個神滅具(longinus)持有者……現在的狀況肯定不樂觀吧。他們所受的傷，已經超出不死鳥的眼淚或是『聖母的微笑(twilight healing)』能夠完全治癒的程度。但是天界方面並未確認到他們持有的神滅具(longinus)消失的資訊，因此認為他們可能還活著。」

老師嘆了口氣之後如此回答。

海克力士和貞德遭到冥界逮捕。曹操、格奧爾克、李奧納多等神滅具(longinus)持有者都在戰鬥中受了重傷，無法繼續行動。但是神滅具(longinus)並未消失。

同樣的神滅具(longinus)無法同時存在，要是持有者死亡，就會找尋新生兒為下一個宿主，自動轉移過去……是這樣沒錯吧。這個部分，和我的神器(sacred gear)一樣——既然沒有確認到消失的資訊，就表示曹操他們還活著的可能性很高。

然而老師卻是一臉無法接受的表情。

「……會不會是遭到奪取了呢？既然曹操他們幾個持有者受重傷，會有人跑出來搶奪強大的神滅具(longinus)也不奇怪。他們的集團本身就有好幾個派系，內部鬥爭相當激烈。」

莉雅絲如此說道。

——原來如此，還有這種看法。神子監視者（Grigori）早已開發出來抽出神器（sacred gear）加以保存，或是移植到其他人身上的技術。已經和「禍之團（Khaos Bigade）」會合的背叛者，八成也將那種技術洩漏給他們了。那些傢伙會從身受重傷、動彈不得的曹操他們身上奪取神器（sacred gear）也不無可能。

老師也同意莉雅絲的意見：

「是啊，還有這種可能性……如果真是這樣，我也只能祈禱未來不會發生自己能夠想到最糟糕的狀況……」

……老師的表情變得相當凝重。他的腦中到底在料想什麼狀況？

但是老師立刻露出苦笑：

「不過他們最大的敗筆，就是對你們出手吧。看吧，結果遭殃的反而是自己。挑上成長率不同凡響的你們當對手，是英雄派最大的錯誤。這就是俗話說的不要在太歲頭上動土吧。啊，還是該說不要在惡魔頭上動土呢？」

「不要把我們說的像什麼災星一樣好嗎！站在我們的立場，不過是有敵人來襲我們應戰罷了！對吧，各位！」

我如此詢問大家。

「是啊，在教學旅行時襲擊我們，的確是深仇大恨。」

「我可是米迦勒大人的ACE！敵人襲擊我們，當然要給他們好看！」

潔諾薇亞和伊莉娜不住點頭，贊成我的意見。就是說啊！

「……誰來就打倒誰。這是吉蒙里眷屬最近的鐵則。」

小貓大小姐也說出令人敬畏的評論！

「我最近開始覺得能夠讓我升格為上級惡魔的分數都是來自他們。能夠和這些成員一起戰鬥，強敵的襲擊其實很好賺。」

羅絲薇瑟似乎擁有相當優秀的腦內轉換裝置！其實沒有那麼好賺！

聽到大家的意見，老師豪邁地笑了：

「不愧是吉蒙里眷屬！這樣下去再過不久之後你們就會變成傳說吧。『找他們挑戰的傢伙都無法活著回來』——之類的。」

聽到老師的玩笑話，莉雅絲嘆了口氣：

「我們可不是怨靈或惡靈喔？不要把我們說得那麼奇怪。」

「呵呵呵。可是如果真的遭到襲擊，當然也只能動手。」

朱乃學姊面帶微笑露出嗜虐的表情！

老師繼續說道：

「但是『禍之團（Khaos Brigade）』仍然在活動。最大的派系『舊魔王派』和第二大派系『英雄派』都失去幹部，可以當作已經停止活動。肅清三大勢力背叛者的工作，大致上也已經完成。但是……儘管如此，那個組織當中還是留有反對我們的主張的傢伙。原本躲在兩大派系背後的傢伙，應該也會浮上檯面吧。」

……我記得好像還有什麼魔法師的派系之類的吧？該不會連那些傢伙也會來襲擊我們吧……？我越來越擔心了！天龍吸引強者的力量真的不是開玩笑……

老師看向房間的角落：

「總而言之，他們原本的老大也在我們這邊。」

我們順著老師的視線看去——奧菲斯就在那裡發呆。她已經跟到學校的社辦。和我對上眼的奧菲斯說聲：

「我，和德萊格是朋友。」

好吧，聽龍神大人這麼說是很榮幸，可是……

「不是德萊格，我有名有姓，名叫兵藤一誠……朋友們都叫我『一誠』。」

「我知道了，一誠。」

哎呀呀，立刻改口了。沒想到只要說了她就會聽。這個傢伙變得特別黏我，我走到哪裡就跟到哪裡。在家裡，只要回到房間她就會坐在角落發呆。

無論女生們做什麼事，她都會跟著有樣學樣，對任何事物都很有興趣。大家應該也覺得陪奧菲斯玩很有趣吧，隨時都有人和她在一起。

該怎麼說，有種小動物的感覺？像是黏人的小貓小狗之類的。黏人的無限龍神？算了，怎麼樣都無所謂。

「這樣叫我就對了。」

總之就是這回事吧。

看著我和奧菲絲的交談，老師對我說：

「我先告訴你，一誠。就算你將來升格為上級惡魔，也沒辦法把奧菲斯收為眷屬喔。理由不需要我說你也懂吧？」

「我懂。因為奧菲斯被視為不在這裡吧？」

沒錯，奧菲斯雖然人在這裡，但是這件事並未公開。因為照理來說，奧菲斯原本就不應該在這裡。

遭曹操奪走的奧菲斯之力，對於現在的「禍之團（Khaos Brigade）」而言才是「奧菲斯」。說得也是，那些傢伙總不可能承認「我們的頭目奧菲斯失蹤了」這種事吧。

老師繼續說道：

「那傢伙原本是恐怖分子的老大，現在就算拉攏到我們這邊，讓冥界的人知道這件事還是不太妙。現在那個傢伙的力量也因為施加好幾道封印，只剩下有點太強的龍的程度。更重要的是具有神格的存在，應該不能當作『惡魔棋子（evil piece）』的轉生對象。女武神那種半神倒是沒問題就是了。」

而且這傢伙的力量被薩麥爾吸走之後，已經減弱許多。不過當然還是比普通的傢伙強上一大截。

……再說這傢伙在次元夾縫中救了我。光是這樣就足以讓我把奧菲斯當成夥伴。如果有人想對這傢伙不利，我會全力保護她。奧菲斯為我所做的一切，值得我這麼回報。

不過，中級惡魔啊……我還需要整理一下心情。看來得過上好一陣子才會有自己已經升格的感覺吧。

「遭『禍之團（Khaos Brigade）』奪走的奧菲斯之力不知道怎麼了。這一點也相當令人好奇。」

木場如此說道。確實如此。利用薩麥爾的能力奪走的奧菲斯之力。曹操說過要利用那股力量創造新的無限龍神。但是最重要的英雄派已經垮台，那股力量又會怎麼樣呢？

老師說道：

「……關於這件事，包括我在內的幾個知情人士對此的意見都不太一樣。但是我們唯一的共識就是他們的計畫應該會照舊進行……至於具體而言會變成怎麼樣，或許在不久的將來就可以看見吧。你們也要有這個覺悟。」

……什麼覺悟啊。唉，我們又得和那種事扯上關係了嗎……

就在我垂頭喪氣時，莉雅絲轉移話題：

「為了不知何時會來的敵人做好準備固然重要，但是我們眼前的目標有三個。第一個就是加斯帕。」

莉雅絲的視線落到加斯帕身上。加斯帕頓時慌了起來……莫非是因為那件事？我不在現場所以完全不知情，但是聽說加斯帕誤以為我死了，一時失去理智。

結果就是發揮怪物級的力量，打得那個格奧爾克無法還手——對手可是格奧爾克耶？擁有上位神滅具(longinus)「絕霧(dimension lost)」也擅長使用魔法的格奧爾克，面對這種對手還能一面倒。每次我想詳細追問親眼看見的成員，他們的表情都會變得很凝重，唯一的意見都是「非常驚人」……

加斯帕本人看起來倒是和以前一樣，是個怯懦的女裝男孩。

莉雅絲繼續說道：

「之前是因為其他事接踵而至所以一直擱置，但是現在有了那件事做為契機，我想差不多是正式拜訪的時候了。」

「這是什麼意思？」

聽到我的問題，莉雅絲點頭回應：

「——弗拉迪家，不，我要試著接觸吸血鬼一族。我必須確切掌握加斯帕的力量，否則總有一天，加斯帕本身——甚至連我們都有可能受到牽連。」

「……不、不好意思。我、我完全不知道自己有那種力量……一直以為問題完全出在眼睛上面……」

加斯帕畏畏縮縮地開口。對於當時的狀態，這傢伙好像完全沒有記憶……那是這傢伙自己也不知道，存在於無意識之中的隱藏能力嗎……？好像也不是神器(sacred gear)的力量……

莉雅絲似乎是認為加斯帕被趕出家門的理由，和那個有關。

「如今吸血鬼的內部紛爭好像也相當嚴重……他們是封閉的世界，因此希望你們不要被捲入奇怪的糾紛之中才好。」

老師嘆了口氣表示。

真的假的……吸血鬼那邊現在也很混亂嗎！這樣真讓人有點不想接觸他們……但是繼續放著阿加的神祕力量不管也不太妙，只是不調查清楚也沒辦法處理……看、看來還是只能過去一趟……

「麻、麻煩各位了……可、可是……我不太想和家裡的人……」

加斯帕的說法有點含糊。看來他不太想和家人見面。說得也是，他遭到家人疏遠，後來甚至被遺棄，當然不會想見到他們吧。之後他被趕出家門到處流浪，甚至差點死在吸血鬼獵人手下，才被莉雅絲救了回來。

……我是沒有深入追問，不過這傢伙也有自己複雜的苦衷。

朱乃學姊伸出手指模模下巴，對莉雅絲說道：

「除了加斯帕的事，再來就是魔法師吧？」

莉雅絲點點頭接著說道：

「沒錯。差不多要進入魔法師來找我們談契約的時期了。」

「現在說的這個，就是書裡提到的我們和魔法師之間的關聯性嗎？」

這是我的問題。魔法師找我們訂契約？就是我也聽過的「回應魔法師召喚的惡魔」那種感覺嗎？這好像還挺大眾化，就連一般書籍當中也會出現類似的說法。

莉雅絲點點頭：

「是啊，就是那個。魔法師召喚惡魔，付出代價締結契約。我們會因應他們的需求幫助他們。這在形式上又和實現一般人的願望不太一樣。一般來說會受到召喚的都是知名惡魔，但是也會有魔法師來找新生代惡魔談契約。」

——！那、那麼，該不會……！

「他們也會來找我們談嗎？」

莉雅絲以點頭回答問題。老師一邊喝紅茶，一邊接著說下去：

「前一陣子，魔術師協會針對新生代惡魔——也就是你們這個世代，對全世界的魔法師發表大略評價。對他們而言，想要趁早把握新生代惡魔，先搶先贏。尤其是評價很高的吉蒙里眷屬更是炙手可熱。以魔王的妹妹莉雅絲為首，還有赤龍帝一誠、聖魔劍木場、巴拉基勒之女兼雷光巫女朱乃、杜蘭朵的持有者潔諾薇亞等等，都是些名聲響亮的人物——到時候你們會接到大批契約喔？記得要好好挑選簽訂契約的魔法師，知道嗎？要是容許太不像樣的傢伙召喚你們，只會拉低自己的身價。」

真的假的！這、這也算在惡魔的活動範圍嗎！也、也會有魔法師找我訂契約……？

……嗚呼呼，如果是極為性感的魔女大姊召喚我，簽個契約或許也不錯。

就在我滿腦情色妄想時，有人拍拍我的頭——是莉雅絲。

莉雅絲詢問我：

「話說一誠，你還記得我們在考試前的約定嗎？那可是我目前最後一個目標。」

——莉雅絲的臉頰微微泛紅。

當然了，那個約定我記得一清二楚。

「莉雅絲，下次放假我們去約會吧。」

聽到我的回答，她立刻笑容滿面：

「好，我很期待喔，心愛的一誠。」

說得也是。現在最重要的事就是和她約會。唯有這件事肯定很愉快。剩下的事等到約會過後再想吧。

正當我想著這些事時，潔諾薇亞指著自己開口：

「社長之後輪到和我約會喔，一誠。」

「啊——太狡猾了！下一個是我！我也很想和一誠約會！」

連伊莉娜也出聲了！

「啊嗚！我也要！我也想要約會！」

「那麼我也要。」

愛西亞和小貓也這麼說！

「我也要！請帶我到處參訪日本文化！」

「……我也要。」

「和一誠來個到處搶購拍賣品的約會好像也滿有趣的。」

連蕾維兒、奧菲斯、羅絲薇瑟都開口了！

「哎呀哎呀，那麼我等大家輪完以後，在床上和一誠約會吧。」

真的假的，朱乃學姊！那種約會我就很感興趣了！

「那麼——也陪我約會吧——」

「我想想——那麼我也要。」

「咦！各位，現在是這種發展嗎？那、那麼我也要！」

老師、木場、阿加也來湊熱鬧！再怎麼說我也不會和男生約會！

莉雅絲拉著我的手，把我摟進懷中：

「我是第一個。對吧，一誠？」

看來往後會相當辛苦，儘管如此，我還是覺得很幸福。

後記

我們的一誠吸引傳說中的存在而獲救，是個殺了也不會死的男人。

等到我回過神來，才發現第十二集變得像是以木場為主的一集。因為一誠前半不在，勢必會變成這樣當然是無話可說，不過木場一直相信一誠，堅強地奮戰到底。不愧是女主角……不，是吉蒙里的男生！

這也是男性角色大放異彩的一集。木場、加斯帕、瑟傑克斯、阿撒塞勒、塞拉歐格、瓦利，就連匙也在奮戰。真是充滿男人味的第十二集。連我自己也覺得「糟了，沒什麼女生的登場機會耶……」邊寫邊反省。不過男性角色也都很受歡迎，結果應該還不錯吧！

不過女性角色沒有表現實在太可憐了，下一集又會走回原來的路線。

說是冥界的危機，書中卻不太能夠表現這種感覺，我自己也在反省。之所以會造成這個結果，是因為主線總是繞著確認一誠的生死和他的復活打轉，自然而然就會遠離在冥界各地作亂的巨大怪獸。說到頭來，吉蒙里眷屬也沒有直接和牠們戰鬥。怪獸的部分光是透過電視確認就交代完畢，所以如果有機會，我也想以迎擊部隊的觀點寫篇外傳加以補充。第十二集與其說是冥界的危機，更像是吉蒙里眷屬的危機。

關於故事的各個章節。

第一章是由第一、二集構成的「赤龍帝覺醒」篇，第二章是第三～六集的「乳龍帝誕生」篇，第三章則是第七～十二集的「英雄胸部龍」篇。名稱越來越亂七八糟了。

然後第四章將會是「胸部龍與愉快的夥伴們傳說」篇。正如標題所示，接下來將會是胸部龍與愉快的夥伴們，也就是吉蒙里眷屬加客串角色大肆活躍的故事。

最後一集的構想，我在很久以前就已經想過（預計將會在所有事件結束之後出一本完結篇），接下來就是回收剩下的設定繼續寫下去。一誠和各個女性角色的關係也會有所進展，還請各位再多多關照一陣子。

第四章將會針對加斯帕的力量之謎延伸下去。

關於第三章的結構，其實在第五集上市時（大約三年前）我就已經和責任編輯先生討論過了。洛基出現、在教學旅行遭到英雄派攻擊、和塞拉歐格進行排名遊戲，然後是一誠生死不明到復活，大致上的流程（中間還插入短篇集）在這三年裡大致依照預定完成了。

不在預定當中的，大概就是奧菲斯變成夥伴這件事吧。看見第六集的插畫，我和責任編輯都愛上みやま老師筆下的奧菲斯，於是決定「直接把她拉進來當夥伴好了」。我原本就不打算把奧菲斯擺在最終頭目的位置，所以讓她以兵藤家的吉祥物之姿留下來。今後她也將以吉祥物的身分在角落活動。

就算這集是第三章的最高潮，力量的通貨膨脹還是有點過頭。瑟傑克斯展現真面目、一誠和偉大之紅合體、瓦利秒殺普路托，一個比一個還要誇張。

最近幾集寫到成員的強化，或是強化的可能性，接下來將會針對這些設定繼續延伸。以一誠的白龍皇之力為首，愛西亞、小貓的部分當然也是，潔諾薇亞也差不多該學會憑著蠻力硬拚之外的戰鬥方式了！

還有，一誠的真龍模式，也就是超巨大禁手(balance breaker)的部分，那是只有這一次的特別版本。只是為了點綴第三章的結局，也為了讓前後篇的後篇增添一些精彩的橋段，所以讓他變成與場面相應的模樣罷了。

還有阿撒塞勒老師辭去總督的職位。因為他必須為了這起事件負責。但是在故事當中沒有提到的部分為一誠等人貢獻最多的，我想就是阿撒塞勒了。

關於敵人方面。

這次被一誠擺了一道的曹操。容易大意的壞毛病在這裡成了他的致命傷。最後就連「霸輝(truth idea)」也討厭他。格奧爾克也是因為過度大意而被加斯帕打倒。對上莉雅絲率領的吉蒙里眷屬真的不會有什麼好下場，他們就是最好的例子。之前我就一直覺得要安排「以身為人類的方式戰鬥，卻又因為身為人類這個弱點而失敗」的方式打倒英雄派。只是沒想到最後敗在玩具手下……

「禍之團(Khaos Brigade)」將在此重整態勢。試圖利用各種因素壯大自己的人類派系「英雄派」，到頭來沒有料到神佛任性的一面。正因為如此，他們無論怎麼發展都還是「人類」吧。不過「禍之團(Khaos Brigade)」是貫串整個系列的敵對組織，所以未來還是會出場。

另外，「魔獸創造(annihilation maker)」產生豪獸鬼(bandersnatch)和超獸鬼(jabberwock)的能力是禁手(balance breaker)的亞種，「破滅的霸獸鬼(bandersnatch and jabberwock)」，這是故事裡沒有說明的部分。這是足以毀滅世界的能力，相當具有上位神滅具(longinus)的風範。名稱的唸法和副會長真羅椿姬持有的神器(sacred gear)「追憶之鏡(mirror Alice)」的來源稍有重疊，但是兩者之間沒有任何關聯。

故事當中還有一些尚未闡明的設定。事實上我在第七集左右就不再擴展世界觀，進入針對各個設定向下延伸的部分。接下來的新章節當中，將會提到之前曾經出現過的設定，吸血鬼和魔法師。我將以D×D的獨立解釋描寫這個部分。第三章之所以會出現魔法的說明，也是為了進入第四章預作準備，找了篇幅加進去。

啊，木場的師父就是瑟傑克斯的「騎士(knight)」，也是真正的新撰組一番隊隊長沖田總司。設定的部分在第四集左右建立，只是一直沒有出場的機會，這次總算登場了。他在冥界也是首屈一指的劍士。用掉兩顆「騎士(knight)」棋子。莉雅絲之所以會對日本產生興趣，起因也是他。她對日本武士會有那些偏頗的知識，其實也是他的惡作劇。

雖然角色越來越多，但是有很多都是像這次一下子就退場，或是只會出現一次的角色。之前我也曾經提過，除了主要成員以外的角色不用特別記住也沒關係。基本上從第二章開始，就是主要角色被捲入各陣營的各種問題，然後加以解決，並且在解決的過程中和該章節的頭目隊伍互動，大致上都是以這種方式進行。

以下是答謝的部分。みやま零老師、責任編輯H先生、副責編S先生，不只是原作的部分，就連動畫方面也有勞幾位多方協助，真的非常感謝。

漫畫的部分，みしまひろじ老師、ヒロイチ老師、《DRAGON AGE》編輯部的各位，很感謝大家的協助。今後也要多多仰賴各位的鼎力相助，請多指教。

好了，從下一集開始進入第四章！原本是想這麼說，不過為了穿插一下過場，第十三集將會是短篇集。內容將會以本篇當中稍微提及的故事為主，像是萊薩復活的心路歷程，還有魔法少女☆小利維等等。當然也有全新創作。

除此之外，接下來要上市的第十三集短篇集將會推出附贈動畫ＢＤ的限定版！內容是以住進兵藤家的莉雅絲和一誠的交流為中心的特別篇，也可以說是動畫版第十三話！以原作來說就是銜接第二集與第三集的故事。其實這篇故事是為了ＢＤ而創作的新作。敬請期待！

最後是柳沢テツヤ監督、系列構成兼腳本的吉岡たかを先生，以及各位動畫製作人員，真是辛苦各位了。由於有對原作理解度非常高的工作人員，才能夠實現這次最棒的動畫化。我由衷感謝各位。這對我來說真的是無上的光榮。

Kadokawa Light Novels

樂聖少女 1~2 待續

Kadokawa Fantastic Novels

作者：杉井 光　插畫：岸田メル

渴望復仇的音樂家身後隱藏了惡魔之影，
令人目不轉睛的哥德式奇幻故事第二集！

交響曲公演成功後的幾個月，小路陷入創作的瓶頸。過度前衛的新作無法使用現存的鋼琴彈奏，鋼琴的改造也同時遇到挫折。法軍攻向維也納，我終於見到魔王拿破崙。此時，一名拿著不祥之槍的年輕音樂家出現在我們面前……

各 **NT$240/HK$68**

台湾角川

Kadokawa Light Novels

我與女武神的新婚生活

Kadokawa Fantastic Novels

作者：鎌池和馬　插畫：凪良

頑固笨拙的女武神遇上天然呆少年——
兩人的新婚生活怎麼可能這麼順利！

在偶然的機會，人類少年對金髮碧眼的美麗女武神瓦爾特洛緹一見鍾情。為了讓少年死心，女武神提出「若是你能爬上世界樹，我就嫁給你」的條件。於是少年挺身挑戰世界樹，唯恐天下不亂的諸神當然不可能袖手旁觀……新感覺的北歐戀愛喜劇歡樂登場！

NT$180/HK$50

台湾角川

Kadokawa Light Novels

我的狐姬主人 1~3 待續

Kadokawa Fantastic Novels

作者：春日みかげ　插畫：p19

2012動畫化小說《織田信奈的野望》作者全新大作！
巧遇氣質特異美少女的光，將得知晴明的神祕過往!?

水原光希望更了解安倍晴明的過去。當他苦惱的同時，卻被新皇帝朱雀授命探索位於京城的神祕御靈。過程中，他與氣質特異的美少女「朧月夜」相會。在朧月夜的引領下，水原光將邁向什麼樣的「真相」呢……？

台湾角川

各 **NT$180~190/HK$50**

國家圖書館出版品預行編目資料

惡魔高校DxD. 12, 課後輔導的英雄們 / 石踏一榮
作 ; Kazano譯. -- 初版. -- 臺北市 : 臺灣角
川, 2013.12
面 ;　公分
譯自 : ハイスクールD×D. 12, 補習授業のヒー
ローズ
ISBN 978-986-325-712-7(平裝)

861.57　　　　102021950

Kadokawa
Fantastic
Novels

惡魔高校D×D 12
課後輔導的英雄們

（原著名：ハイスクールD×D12 補習授業のヒーローズ）

2013年12月11日 初版第1刷發行
2022年3月18日 初版第4刷發行

作者：石踏一榮
插畫：みやま零
譯者：kazano

發行人：岩崎剛人
總編輯：蔡佩芬
編輯：高韻涵
美術設計：黃永漢
印務：李明修（主任）、張加恩（主任）、張凱棋

發行所：台灣角川股份有限公司
地址：104台北市中山區松江路223號3樓
電話：(02)2515-3000
傳真：(02)2515-0033
網址：www.kadokawa.com.tw
劃撥帳戶：台灣角川股份有限公司
劃撥帳號：19487412
法律顧問：有澤法律事務所
製版：尚騰印刷事業有限公司
ISBN：978-986-325-712-7